To 殿

於是
我们の靈魂得以交会.

2019. 夏.

愛在黑暗璀璨時

Sasha 黃小貓／著

這個世界可能包含著無數的世界

也同時被無數的世界所包含

過去、現在和未來也許不是一條單向前進的線

意念的分裂可能產生命運的分叉、平行時空或許可以交會

如果幻想能夠誕生一個世界

也許那個世界原本就存在才使想像得以發生

所有的世界在所有的時刻都彼此關聯

一切的一切都在

共振

於是

每個人靈魂最黑暗的角落都能保持生機

於是

有時候

誕生自黑暗的最燦爛

當男人和女人再度看見彼此的時候，他們都已經不是原本的他們了。

他們發現他們依然相愛，但已不再相戀，也不再適合走共同的道路，他們各自的道路已經距離對方太遠。

於是他們再度分開。不再有半點遺憾，還多了些小小的溫暖。I love you. Good Bye.

這是世界上最幸福的事情之一。

當男人和女人遇見彼此的時候，他們都已經不是原本的他們了。

他們終於相愛相戀，因為他們終於適合走共同的道路。

這也是世界上最幸福的事情之一。

「但是，」其中一人不免發出質疑，「但是我們會繼續改變，我們不知道接下來我們還會不會、適不適合走共同的道路。」

「那是當然的，」另一人回答，「我們不會知道，但那又怎樣？」

「我需要承諾。」

「那麼我們就必須承諾一起改變。因為，When we shift into each other's life, life itself keeps shifting. We have to listen, we have to see, we don't miss each other so that we can keep shifting together.」

這也是世界上最幸福的事情之一。

「但是，」其中一人又不免發出質疑，「但是我們什麼也不能保證。」

　　「那是當然的，」另一人回答，「誰也不能。但那又怎樣？」

　　「承諾其實沒有意義」

　　「好的。那我們就不承諾。」

　　這也是世界上最幸福的事情之一。

　　或者男人和女人始終沒有遇見彼此。不過，他們一定會遇見自己。

　　這不會是世界上最幸福的事情之一。但會是最圓滿的。

巨大的鮮花正在綻放

女人笑咪咪地把一瓶新開的啤酒淋到男人頭上，男人也笑笑地不動，他閉著眼皮以免酒精流進眼睛，直到那一整瓶啤酒倒精光以後，聽見女人將玻璃瓶放到桌上的聲音，男人才睜開雙眼，從鼻孔裡噴出一點酒水，抹抹臉，笑問：「好玩嗎？」

「好玩。」

「夠了嗎？」

女人聳聳肩，一手拿起另一瓶未開的啤酒，一手拿起開罐器，故作考慮狀地歪著頭，斜睨著男人那張濕淋淋的臉。

男人取過女人手上那瓶啤酒，將瓶蓋邊緣扣在木桌角上，用手掌技巧性地一壓，敲開了瓶蓋，口中一面說著：「妳知道，我一直覺得很奇怪，為什麼所有故事裡面都是女人在玩小遊戲、耍任性，男人則負責包容寵膩。為什麼每次都是女人把水潑到男人臉上？」他說完挑戰地盯著女人。

女人點點頭，「真的，為什麼噢？」

「就是呀，為什麼噢？」男人說著將那瓶啤酒提到女人頭上開始倒灌。女人咯咯笑了起來，稍微皺起鼻頭，微瞇雙眼，任由冰涼的液體自頭頂不斷流下。

「Close your eyes!」男人笑罵。

「No.」女人略壓下巴，好讓啤酒稍微不易流入雙眼，直到啤

酒全部倒光以後，她才抹抹鼻子笑問：

Having fun?

No.

男人嘆氣，放下了酒瓶，抓起桌上的毛巾開始幫女人擦臉，「老實說覺得有點無聊，一點滿足感也沒有，也不享受，而且妳看，我現在還是忍不住想幫妳擦臉。雖然明明覺得沒必要，但就是會覺得不忍心。可見男人是比較善良的生物。」那隻大手掌隔著紙巾在女人臉上搓來搓去，幾乎要將女人的臉鼻給壓歪，女人口齒不清地咕噥地抗議：「跟那個沒有關係……這要用水洗啦，要不然乾掉以後還是黏黏的……這樣夠了啦……喂……嗚……」男人的手壓在女人的口鼻上不再移動，隔著毛巾，用力摀住女人的口鼻，女人有點呼吸困難，想要將臉移開，男人用另一隻手緊緊壓上女人的後腦杓，還在繼續說著：「所有分手的戲碼都可以讓女人亂七八糟地打男人，但男人只要敢稍微動手他就該死，為什麼呢？嗯？為什麼？」

女人在無法呼吸的狀態中，先是用兩手握住男人手腕試圖將其移開，同時兩腿開始踢打男人，接著兩手開始亂抓男人的臉、頭髮，並且試圖用膝蓋去攻擊男人的生殖器，但兩人距離太近了，她非但沒有成功，瞬間就被男人整個壓到地上。男人將自己放在女人後腦杓的那隻手抽出來，壓住女人扭動的肩膀，坐騎到女人身上，按在女人臉上的那隻手臂用力伸直了，於是女人揮舞的雙掌再也搆不著男人的臉，只能無用地在他的手臂上抓出爪痕。

「夠了嗎？好玩嗎？」男人說。

好玩嗎？

女人心想。

這真的只是一場遊戲嗎？

如果是，真的可以說玩就玩嗎？不想玩就不要玩嗎？

如果不是。那這是什麼？

女人緊繃的身體漸漸放鬆，不再掙扎，雙腿攤平，兩手輕輕覆在男人的手臂上，猶如垂掛在季節尾聲的最後兩片未落枯葉。

男人掌底下的毛巾被醞上新的濕濕痕跡。那不是酒精。

她哭了。男人意識到。但眼淚是很廉價的，而且那說不定只是眼球被酒精刺激到的本能生理反應，跟情緒無關。這裡沒有任何目擊者，沒有人知道她在這裡，只要我不移開我的手，女人就會這樣死掉。她自己先放棄了掙扎。她自己先放棄的。只要我不動，女人就會這樣死掉。

男人在寂靜中溫存著那一絲絲奇異權力。

$\cdot$　$\bigstar$　$\cdot$　$\bigstar$　$\cdot$　$\bigstar$　$\cdot$　$\bigstar$　$\cdot$　$\bigstar$　$\cdot$

相愛的過程雖然有千百萬面貌，分離的故事卻只有一個。

$\cdot$　$\bigstar$　$\cdot$　$\bigstar$　$\cdot$　$\bigstar$　$\cdot$　$\bigstar$　$\cdot$　$\bigstar$　$\cdot$

分離的過程可以有千百萬次，相遇卻是唯一。

傑克究竟姓什麼，我一直記不住。總之發音太過複雜，索性當作沒有。當作他就是姓傑名克，這樣，就是他的全名。傑克坐在我對面，懶洋洋地攤在椅子上，翹著二郎腿，下巴微仰，面對著陽光，很舒服似地。他一手插在夾克口袋裡始終沒抽出來，另一手用兩指夾著菸，偶爾，夾菸的那隻手會拿起桌上的綠色玻璃瓶啤酒，往嘴裡灌上幾口。

　　我真的不知道為什麼這個人會坐在這裡，坐在我對面，這個人我不認識。

　　難得出太陽了，原本打算來好好享受溫暖的下午時光，在咖啡館的露天座位，挑了角落靠盆栽的位置落座，跟服務生點了杯暖暖甜甜的焦糖瑪奇朵，自包包內抽出小說，然後伸出一條腿將桌子對面的空椅稍微勾過來，兩腿伸直地交叉掛了上去，這樣，以最舒適的狀態將小說打開來，開始閱讀。

　　很久沒好好看書了，最近工作停擺，決定來做點有營養的事情。書本已經很舊了，十五年前買的，如今再來重讀，有點好奇自己會有什麼不一樣的感覺。

　　大約這樣安靜愜意地過了半小時，一個影子擋住了我的陽光。抬起頭，頭髮亂蓬蓬的高個子男人站在椅子旁邊，左手插在夾克口袋裡，右手握著啤酒，兩眼盯著我掛在空椅上的腿。他問：「May I？」（我可以嗎？）

　　我稍微看了一下附近，不知何時變熱鬧了，似乎都坐滿人，也

不知他是哪桌的。總之，我兩腿占用了一張空椅。意識到這一點，瞬間感到不好意思。「Sure.」（當然！）連忙將腿抽回來，伸手示意他可以把椅子拿走。

結果他沒拿走，他就這樣直接在我對面坐了下去。

咦？我有點傻眼。沒錯吧？通常這種情形，「可以嗎？」意思是「我可以把這椅子拿走嗎？」絕對不是「我可以坐嗎？」通常是這樣吧？

下意識地又轉頭看看附近，確認一下是不是真的沒有空桌了。不，即使沒有空桌了，也不會就這樣去跟陌生人同桌吧？這又不是麥當勞！即使是麥當勞也很少有人會這樣！

雖然覺得被侵犯了，很不愉快，但說真的，一時間也不知該如何抗議。因為，他剛剛先問了「可以嗎？」而我自己回答了「當然。」

「I'm Jack.」（我叫傑克。）自稱傑克的男人露出一抹促狹的微笑。

原來是要搭訕的。我頓時覺得非常掃興、被打擾。牽牽嘴角，決定不理會這沒禮貌的傢伙，低頭繼續看我的小說。

「You like it? The novel.」（喜歡嗎？這本小說。）傑克又問。

「呃，不好意思，」我抬頭假裝地露出抱歉的微笑，「我不太會講英語。」

傑克用那雙湛藍的眼珠子盯了我一秒鐘，再度露出促狹的微笑，「Ok.」他灌了一口啤酒，放下啤酒瓶，自夾克口袋掏出一包菸和一個打火機，抽出一根菸放進嘴裡叼著，點燃菸，接著便將背

往後一靠，稍微下滑，慵懶地翹起二郎腿。從頭到尾，都只用右手，左手依然插在夾克口袋裡，像是黏住了似地沒動過。

我兩眼始終盯著我的書，但這些動作還是在眼角餘光絲毫沒有遺漏地映入，這讓我很分心，因為腦袋裡忍不住冒出：「這個人左手怎麼了？」這樣的疑問。

雖然分心，但不能讓對方發現，於是明明這一頁還沒讀完，我還是假裝翻了頁。

傑克沒再說話，他就那樣翹著二郎腿很舒服地抽著他的菸，曬著他的太陽，偶爾灌一口啤酒。

我心想算了吧。偶爾與陌生人同桌其實也沒啥大不了。兩眼盯著書本，逐字往下，終於漸漸恢復專心閱讀的狀態。就在這時，不知好歹的傑克又發出聲音了。

「I have a friend.」傑克用英語繼續往下說：「我有個朋友，最近上網想買這本書，結果查詢結果說已經絕版了。」

我嚇了一大跳，但臉上不動聲色，因為我必須繼續假裝聽不懂。

什麼？已經絕版了？這本小說這麼好！現在買不到了嗎？為什麼？為什麼會絕版？是因為沒人要買了嗎？還是出版商不肯賣了？跟出版商有關嗎？等等。我好像幾年前有看過這個消息，是小說家本身宣佈不再⋯⋯不再怎麼了呢？到底是怎麼回事？

可惡！

好不容易專心又被分心了！

我有點惱火，但又不能被發現。因為必須假裝聽不懂他在說什

麼。

等等。他為什麼知道我在看什麼小說？他看得懂中文嗎？

等等。書的封面附有英文書名。還是西班牙文？忽然有點不確定。總之。不是只有中文書名。

等等！我為什麼要一直想這些有的沒的，不好好看我的書?!時間差不多了該翻頁繼續往下了，但這頁明明還沒讀完！怎麼辦?!我不想被他發現我因為他分心！

就在這樣的胡思亂想中，心情更加覺得懊惱，還得維持面不改色。沒辦法，只好硬著頭皮假裝讀完這頁翻到下一頁了。

幸好這種小說，節奏極度緩慢。內容極度瑣碎、冗長、囉唆。即使略過一頁沒看，基本上情節還是能夠連貫下去。因為重點本來就不是情節。是細節。

我端起桌上那杯焦糖瑪奇朵來喝，趁這樣移動目光的片刻，偷瞄了一下桌上那瓶啤酒。

好得很。已經差不多喝光了。

正覺得可以鬆口氣，心中湧起一種小小的期盼：快～點～兒～滾～吧～你～

傑克忽然轉頭，伸手朝服務生揮了揮，然後指指桌上的酒瓶，說：「One more.」（再一瓶。）

灣……灣你個頭啦！我終於忍不住用鼻子深深吸了口氣，又噴了口氣。

這樣。這個很不耐煩。應該很明顯吧？

不確定他是不是聽見、意識到了。傑克又自顧自地開起口來。

「那裡將會有一艘船。」他悠悠地說。

「他將為她準備一艘船。」他說。

「她將會搭上那艘船。」他說。

「而那將會是不需要靠岸沒有期限的一場航行。」他說。

「完畢。」他說。

他說的當然都是英語。

我終於抬起頭看向他，心中慌嗚慌嗚地，有什麼震動著，像是船板快要鬆開似地，在大浪推動下，空氣與木頭彼此撞擊。

傑克湛藍的眼珠盯著我。亮閃閃地。

「妳的書看起來很舊。」他兩眼盛滿笑意地說，「肯定不是第一次閱讀。所以，這樣把結局先說了出來，對妳來說也沒差吧？」

我已經不想再假裝聽不懂或不會說英語了，故意撒謊回道：「我這是跟朋友借來看的。」

「噢。」傑克露出有點驚訝與懊惱的表情，「對不起。真的嗎？」

那懊惱的表情很真實，應該是真心的。因為這樣，瞬間就原諒他先前的無禮，我不禁笑了出來，「假的。」

服務生將傑克的新啤酒端了過來，撤走了空瓶。

傑克也笑起來，他灌口啤酒，點燃第二根菸。依然只使用他的右手。

「不好意思，我剛剛假裝聽不懂，」我用英語對他說：「因為我覺得你這樣坐下來是很沒禮貌的事。」

「我知道。」傑克說：「但我想妳不會介意的。」

這回，傑克說的居然是中文。而且流利得很。

我有種莫名被耍的感覺。但又覺得自己這感覺是沒道理的。可能表情因此很複雜吧。傑克又笑了起來。

接下來，往後，我們的對話，永遠都是中英語參雜不分也不在乎了。

傑克剛剛說什麼？

喔對了。他說，我想妳不會介意的。不會介意他就這樣大剌剌地，以一個陌生人的身分，絲毫不顧社會禮節地與我同桌，在我對面坐下。傑克的態度是那麼理所當然。理直氣壯。彷彿他是天皇老子。彷彿他是如來佛的一根手掌而我只是一隻獼猴。彷彿我是囊中物。總之。

憑什麼？

我忽然又有點被惹毛了起來。也不知自己在對抗什麼。

「你錯了。」我故意說，「我介意得很。」

「妳不會的。」傑克笑著，終於抽出了左手，手裡握著一本書，他把那書放到了桌上。

是英文版本。跟我手上同一本的英文版本。西班牙小說家馬奎斯的作品，《愛在瘟疫蔓延時》。

四周的一切聲響瞬間褪到模糊的遠方。我心臟砰砰砰地跳。

那又怎樣？我瞪著他的書。只是巧合罷了。

「五十年。」傑克微笑。

我抬眼看他。

「給我五十年，從現在開始。」傑克說。

那天是西元2018年12月12日。

我呆了很久。

不。或許只有一下下，但感覺起來彷彿過了很久很久似地，好不容易，我發出聲音。

「我不知道你在說什麼。」

「妳當然知道。」傑克揮揮手，像在趕蒼蠅似地，「妳又不是第一次讀這本小說。妳已經知道結局。」

「我不記得了。」我再度撒謊，「已經過了太久，而且這本小說很長。」

「那麼，」傑克說：「妳繼續讀下去吧。會想起來的。」

我低眼看著我手中的書。我把那書闔上。我的焦糖瑪奇朵還剩一半沒喝完，但我不想再待下去了。提起了肩包起身要離開，經過傑克身旁時，他伸手拉住我。

Sarah。傑克發出乾乾的聲音。

Sara, please don't go. 那完全是屬於冬天的聲音。

不過已經太遲了。

我小聲地說：「Let go.」

「No.」傑克將我的手臂捏得更緊。

我輕輕掙脫了一下，傑克猶豫著，稍微鬆開力氣，於是我的手

臂離開了他的手心，雙腳往前踏出了餐廳。

這天是西元2019年12月26號。

Sarah Sarah Sarah Sarah Sarah please ……
身後彷彿還一直傳來傑克的聲音。

Please don't go please don't go please don't go please don't ……
身體漸漸被記憶發酵過的黑暗所填滿。那黑暗過去了我再也不想經歷。它應該被永遠隔離。它從來不曾消失。它將我們無盡地消磨卻又滋養。它讓視覺消失，使聽覺極為靈敏。不。不只聽覺。凡視覺以外的感知都在一段時間的訓練後都變得極為敏感。包括對意識底層之流的接收與感應。包括連結過去和未來的開關被打開的聲音、鎖鏈被敲碎的震動、生命之火灼燒肉體時那既新鮮又焦臭的氣息、以及因為幸福而疼痛的滋味。

· ◆ · ◆ · ◆ · ◆ · ◆ ·

初遇的那天，由於一本小說的緣故，我和傑克在有陽光的下午相談甚歡。雖然剛開始的時候覺得此人有點欠揍，但我身邊喜歡看這本書的人真的一個也沒有。

「給我五十年。從現在開始。」傑克大剌剌地說。

我當場大笑了起來。「老兄，你在跟我求婚嗎？」

「不行嗎？」傑克的表情很認真。

「你瘋了。」

「為什麼？妳不相信一見鍾情嗎？」

「不相信。」

「我真為妳感到難過。」傑克故作遺憾地嘆口氣，「可憐。可憐的女人。」

「靠杯。」

「什麼意思？剛剛那個我聽不懂。」

我猶豫了一下，這句還真難翻譯，而且我的英語能力本來就不怎麼樣。覺得很麻煩於是算了，「不重要。」

當然地，我完全把傑克之前說的話當玩笑。什麼五十年什麼的。總之我們就這樣聊了起來。聊馬奎斯這本小說，也聊其他小說，接著聊電影，然後聊起各自的生活。露天咖啡座的陽光不知不覺消隱了，掛在樹梢上的金色小燈泡亮了起來，店內開始播放爵士R&B，隔著玻璃窗和盆栽傳來，音量變得很適度。兩人各自點了晚餐配啤酒，就那麼一直聊到店家打烊。凌晨兩點。

離開的時候，我已經知道他喜歡什麼樣的電影、音樂、書籍、運動，平時的最大休閒娛樂、家裡有幾個人、大學主修什麼、去過哪裡旅行、為什麼能說一口流利的中文、上一個女友交往多久、為什麼分手、上上一個女友身上有什麼刺青……。

「那麼，」站在馬路邊陪我等計程車的時候，傑克兩手插在口袋裡問，「下次什麼時候碰面？」很理所當然。而且沒在開玩笑。也不是試探。

「我不知道。」我真的不知道。

「好吧。」傑克說著拿出手機，按鍵。我口袋裡的手機響了起來。我沒接，只是笑著，「放心啦，號碼是真的。」

「讓我看一下。」傑克沒有完全相信。

唉。唉。我笑笑地拿出手機打開來接聽，「哈囉。」

「哈囉。我是傑克。」

「我是Sarah。」

「我會等妳電話。」傑克說。

「好。」

「說妳會打給我。」傑克很堅持。

「不要。」

「說。」

「好啦。」

「說啊。」

「說什麼？」

「Sarah！」

「Sarah。」

「女人，別弄我。」

「女人！別弄我！」

傑克盯著我。我被他瞧得有點心慌，轉眼四下張望，終於他發出聲音，「好吧。」傑克掛了手機，忽然變得有點神情莫測。

計程車到了。

「我是不是不會再見到妳了？」傑克說。

我猶豫了一下，把手機收回外套口袋，「我不知道。再說吧。

掰。」坐進了計程車，關上車門。

　　冬天還不算太深，計程車內的空調卻開得有些過強，可能是因為暖氣的緣故，我全身滾燙火熱，因此覺得好慌張。不知在慌張什麼。好奇怪。我覺得好害怕。拿冰冰的手貼上自己冰冰的臉頰，頭有點暈了，我把背往後靠要自己放鬆。

　　手機震動了一下。傑克傳來一張照片，是這台車子在馬路上駛離的背影，照片中顯示出車號。附上一行訊息：「讓我知道妳平安到家。」

　　我關掉了手機。

　　這只是一個陌生人。今天才第一次碰面。所以我現在的情緒翻騰肯定跟這個人沒關係。

　　那到底跟什麼有關係？

　　我把頭靠在車窗玻璃上，閉上眼睛，腦海中浮現傑克的臉，身體卻頓時被不知名的疲倦與悲傷席捲了。真不明白。

　　為什麼覺得這一切都已經發生過了？

　　這一切都已經發生過了。

　　如果這一切都已經發生過了，結局到底是什麼？

　　沒有結局。結局尚未發生。結局是一艘啟航的船。故事在發生了許許多多之後，還在繼續，沒有結束。沒有人去按下停止開關。沒有人去劃上句點。作者忘記了，角色們於是逕自。

才剛要開始。是現在進行式。是未來式。

是過去式。

計程車抵達家門，停在全家便利商店的招牌底下。

下車關門，轉身，走進便利店。

今天真是不可思議的一天。原本出門只是要去混賴著曬太陽看小說的。發生了什麼事？

便利商店裡白燈明亮，店內播放著韓國舞曲，我周遭的氛圍頓時轉換了，但人裡面卻還在異質頻道的侵襲中，於是有點像太空人似地，穿著太空衣在陌生星球上晃晃悠悠，由於引力不同而不得不放慢一切動作。買了一個肉腸義大利麵便當，微波爐加熱，走出便利商店，轉進角落的公寓大廈，電梯門關上了。上升。

氣壓正在改變。

引力正在改變。

猶豫著待會要不要回覆傑克自己平安到家。

抵達七樓。

胸腔開始有點呼吸困難。空氣正在改變。

鑰匙在深夜走廊發出過分響亮的清脆聲響，我推開兩層門走進玄關，關上鐵門，關上木門，這才把燈打開。

蜷縮在客廳地板角落的咪咪蔣頓時醒了過來，「妳今天怎麼會這麼晚？」她一面揉眼睛一面坐起身，盤腿打了個哈欠，項圈鐵鍊隨著咪咪蔣的動作發出夸啦夸啦的沉沉聲響。

「嗯。餓壞了吧？」我一面說一面脫掉靴子。

「超餓。」咪咪蔣盯著我手提的熱便當。

將熱便當遞給咪咪蔣，她立刻迫不及待地吃了起來。似乎真的很餓的樣子。我看一陣子，轉進廚房去幫她倒了一杯水，走回來放到她腳邊。坐在瑜伽墊上的咪咪蔣亂髮糾結，兩隻眼角都堆著眼屎，下巴還有口水殘痕，覆蓋及腰的毛毯四周，散落著中午吃剩的便當盒和飲料罐。我看著這樣的她。

咪咪蔣忽然想起來似地猛然抬頭，放下義大利麵喊：「尿急！」

我起身走到廚房，自牆壁高處的掛勾上取下鑰匙，走回咪咪蔣身邊，蹲下身，解開牆壁上的鐵栓，手裡拎著長鍊尾端，讓另一端的咪咪蔣自行在我面前走進了浴室。靠在浴室門口看著咪咪蔣上完廁所、沖水、洗手，然後自行走回她的角落。我一直拎著長鍊在後跟著，直到她一屁股落地，忙不迭地拿起便當盒繼續吸哩呼嚕地吃麵，這才將鍊子尾端重新穿過牆角鐵勾鎖好，把鑰匙掛回廚房，然後回到咪咪蔣面前。

這個女人，野貓似地，吃相真難看。

不過可能只是因為餓太久了。我的錯。

坐到沙發上打開電視，等待咪咪蔣吃完這頓遲到太久的晚餐。

已經是凌晨三點了。抬頭看了一下鐘。視線再度回到電視機螢幕。但畫面終究在播放著什麼，卻無法進入大腦。相較於剛才在計程車上、相較於今天下午，我此刻的神經大約緊繃了三倍以上。

這就是我的真實人生。所以。傑克。

我不能回平安到家的訊息給你。因為到家了不表示平安。

晚安。

　·　　★　　·　　★　　·　　★　　·　　★　　·　　★　　·

　　嘩啦。窗簾拉開的那一刻，陽光瞬間刺目地潑上女人的臉。
「啊～～」她一面皺起鼻子發出抗議的聲音，一面轉身把整個人埋
頭裹進棉被裡。床邊傳來男人的嚷嚷：「今天是好天！起床吧！」
　　「嗯～～」棉被裡很溫暖，女人根本不想動，只能發出這樣毫
無意義的聲音。
　　男人爬上床捏開棉被一角，像探進洞穴裡朝狐狸說話似地小聲
地說：「我做了早餐。」
　　「嗯……？」女人有點心動了。
　　「咖啡也煮好了。」
　　嗯嗯。果然有聞到咖啡香氣。女人閉著眼睛發出小小的微笑，
但又立刻咕噥「我會冷啦……」同時將棉被一角抓回來，重新將自
己密密實實地裹進黑暗中。與此同時，聽見男人在旁邊隔著棉被，
發出響亮的聲音，精神奕奕地開始報告：「義式肉腸烤得有點微
焦！法式吐司煎得表皮酥脆！七分熟的拌炒蛋熱騰騰、黏呼呼、發
出金色的光澤！」男人砰砰砰地隔著棉被拍打女人的身體，爽朗的
報告聲持續著，「黑橄欖炒野菇的胡椒灑得恰到好處！新鮮的柳橙
汁親手一顆一顆花力氣榨！花費許多時間失敗才終於成功的布丁麵

包蛋糕水分剛剛好，既沒有太稀糊也沒有太硬，布丁和麵包以各自獨立卻又彼此交融的甜美姿態，恰到好處地鑲嵌進彼此的身體，完美！完美的甜點！完美的早午餐！三分鐘內不吃就要因為失去熱情而憔悴的限時完美早午餐！」男人這樣自顧自地報告完畢，滿意地離開女人身畔。

感覺到男人的身體離開，女人又發出了抗議聲響，「啊～～！」她稍微把頭探出棉被一點點。男人已經笑嘻嘻地兩手攤著棉袍站在床邊。

「來呀，寶貝。」

女人不禁發出了一串笑聲，貓似地爬出棉被，溫馴地讓男人幫她穿上浴袍，然後坐在床邊看著男人蹲下身，為她套上大大的厚毛襪。

男人起身，欣賞作品似地端詳女人那副乖巧的模樣，嘴巴卻說：「看起來好像有點重……」

「是因為浴袍啦。這件很厚很重。」女人拉拉領子，「不然你把早餐端到床上來給我吃好了。床上的早餐～！」

「昨天已經這樣吃過了。」男人嘆口氣，「還有前天、還有大前天。」

「還有今天！」女人咯咯笑喊。

「今天太多道菜了！我是廚師，不是把食物端來端去還得負責收盤子的服務生！」傑克用命令式的口吻抱怨，卻彎腰伸出兩條手臂，將女人整個人自床邊抱起。

「乾巴爹～～！」女人握拳作勢鼓勵。

　　「嗨、嗨。我盡量。」雖然是這麼說，但男人其實抱得一點也不費力。臂彎內那輕飄飄的不確實感令男人頓時有些心慌，彷彿女人隨時都會繼續變輕、變模糊，終於完全消失了似地。男人不自覺地加快了腳步。

　　廚房的餐桌上亮晶晶地擺滿餐點。男人用一腳將椅子稍微拉開，然後小心地將女人放到椅子上，再把椅子靠桌推近。

　　像個孩子交出漂亮成績單似地，他在一旁期待地望著女人的表情。

　　女人不負所望，原本睡眼惺忪的一張臉，對著豐盛大餐頓時猶如被光照耀，煥發出明亮的感動。

　　嗯。男人滿意地牽牽嘴角，拿起桌上的香菸和打火機，正要點燃，卻見女人的鼻子忽然變紅了，很快地，眼睛也變得溼潤。

　　嘖。男人在腦子裡發出這樣的聲音。伸手啪地拍了女人的後腦杓。「哭個屁?!」

　　「我沒有！」女人抗議地吸吸鼻子。

　　還沒有。男人發出沒有人看見的小小笑容，點燃了菸，拉開椅子坐下，「感動吧？」朝空氣徐徐吐出一口白煙，翹起二郎腿得意地說，「妳肯定正在想，啊，我真是全世界最幸福的女人，我的男人是全世界最棒的男人。」

　　「嘿嘿。」女人又吸吸鼻子，不再理會這位自鳴得意的廚師，開始大快朵頤。一手抓起叉子舀了拌蛋塞進嘴巴，一手拿起法式吐司趁熱大口咬下去，享受地瞇起雙眼。啊。果然煎得表皮酥脆。她陶醉地咀嚼著，方才沒有落下的眼淚這時再也忍不住，就那麼邊吃

邊自眼角滾過面頰。

「喂喂喂。」男人好笑地噴出煙，嗆到似地咳嗽起來，「沒必要感動到這個程度吧？」

「唔。嗯？」由於嘴巴塞得很滿，女人沒空講話，繼續只是咀嚼著。那美味與溫暖在她口中化開之後，進入食道、進入身體、展開了女人未曾經歷過的風景。淚水繼續撲簌簌地不斷滾落，女人沒理會，逕自繼續吃著。

「不要邊吃邊哭啦。」男人抽出一張面紙，「到底是太好吃還是太難吃呀？」

「唔。嗯。」女人滿嘴塞著食物發出無意義的咕噥。

「喂⋯⋯」男人那隻抓著面紙的手緩緩放低了，「怎麼了？」

女人不答。只是不斷繼續大口將食物塞入嘴巴，嘟脹著面頰一面咀嚼一面朝男人瞇眼笑，但眼淚依然沒有停，連鼻涕都流出來了，沒辦法只好抓過男人手中的面紙暫停咀嚼，先擤鼻涕。

男人原本滿腔的得意之情這時已消失得一乾二淨。他靜靜地抽著菸，看女人笑咪咪地一面掉眼淚一面將把嘴裡的食物咀嚼完畢，吞下喉嚨，看著她咕嚕咕嚕一口氣喝下半杯柳橙汁，又端起那已經攪拌了紅糖還加了一分熱牛奶的熱咖啡，用那小小的嘴巴，小小地啜飲了一口，吐口氣，放下杯子拿起銀叉繼續朝其他食物邁進。女人就這樣一邊吃、一邊笑著掉眼淚。

男人靜靜望著。

大風吹來了。吹走了五分鐘前的陽光。烏雲快速湧來。胸腔出現重壓。然而在風雨來襲之前，男人唯一能做的只有保持鎮定，偶

爾，再點燃一根Lucky Strick。他的坐姿維持著沒有改變。如果不靠抽菸，男人覺得自己很可能要變成化石。

終於。食物全部吃光了。全部。女人很清楚這是兩人份的早餐。但她一個人全部吃光了。

滿足地深深吸了口氣，女人終於開口，微笑地輕喊：「好吃！」

「嗯。」男人發出模糊的聲音。

這時，女人唇邊那一抹滿足的微笑，像掛在多雲夜空的月亮，逐漸被雲層遮蔽，然後在消失了光芒之後暫停著，露出呆呆的模樣。她對著空盤，目光有點失焦。男人繼續耐心等待。

食物已經吃光了，但廚房裡依然瀰漫著殘餘的香氣。陽光半落在盛著夢境殘渣的餐桌上。落地窗外傳來鳥鳴聲、隔壁鄰居洗衣機的轟隆聲、還有近午時分美好的街道車流聲。

忽然女人雙眼回神，又咯咯笑了起來。

「親愛的廚師。要是我的腳沒有壞掉，你還會這樣做早餐給我吃嗎？」

「當然。」男人回答得不假思索。

「因為你是全世界最棒的男人。」

「沒錯。」

「因為你愛我。」

「是的。」

「兩個東西不一樣喔。是哪一個？」

「什麼？」

「因為你是全世界最棒的男人？還是因為你愛我？哪一個？」

男人頓了一下，嘆口氣，彈彈煙灰，「不過就是一頓早餐罷了。」

「對不起我不能跟你結婚。」女人忽然滾珠似地迅速吐出這幾個字。說完自己都有點驚訝地呆了一下。

氣壓比剛才更低了。胸腔被重物按住了。還在持續加重。男人用僵硬的表情反覆且毫無必要地彈著手中那根菸，一陣子，為了換氣而放進唇裡吸了一口，吐氣，這才艱難地，但很沉穩地問：「為什麼？」

女人的眼淚又滑落而下，這回她不笑了，因為哭泣而口齒不清地回答：「因為你不要我。」女人伸手徒勞地擦眼淚，「不是我。」

「別傻了。」

「我是認真的。我知道。我都知道。」

「幹！」男人火了。他受不了那個低氣壓，為了呼吸到空氣，只能本能地回擊，「妳不想結婚就說不想結婚！不要找這種莫名其妙的理由！」男人大吼，女人也忽然開始尖聲大叫：「我不想結婚！你從一開始就知道！但這不是重點！重點是你不要我！不是我！不是我！不是我！」女人正在失控，那喊聲自轉著停不下來。男人猛然起身抓起一個空盤朝牆壁甩去。框啷。破碎了。男人對著女人用更大的音量吼：「Shut up！」

女人抬起頭瞪著他，身體開始發抖。她的牙關有點打顫。大概是因為厚厚的浴袍不知何時已經脫落的關係吧，纖細的肩膀露出

來，像小鳥，她很冷似地從那略略打顫的牙關齒縫，緩慢而確實，一個字一個字迸出：「不、是、我。」

「妳這個瘋女人。」男人瞪著她。

女人再度咯咯笑了起來。那表情的劇烈變化沒有任何轉折。真的。女人一面笑一面心想，是瘋子。真倒楣。怎麼可能受得了我？世界人怎麼可能有任何人受得了我？

但是。

但是男人不為所動。他所能承受的比女人所以為得還要大很多。比他自己所認知的還要大很多。他看女人笑得花枝亂顫，反而鎮定了下來，重新坐好，露出嚴屬的表情，「妳從來沒有相信過。」男人問，「妳為什麼不相信？」好像在問女人又好像在問他自己。

女人也瞬間冷靜了。依然是沒有任何情緒轉折。她忽然鼻涕也不流、眼淚也不掉、身體也不發抖、牙齒也不打架了。用那雙蒼白的手將身上浴袍重新拉上，緊緊裹在胸前抓著，盯著面前的空杯子，發出比羽毛還輕的聲音：「因為我可以感覺得到。」

男人沒有別的話，他不知還能說什麼，只能重複那句：「妳要相信我。」

「我？」女人頓時哈地一聲，似乎又要失控大笑起來，自己意識到了，連忙閉上嘴巴繼續瞪著空杯，吸口氣，說出連她自己都覺得莫名其妙的一句話：「Who's Sarah？」

男人沉默。過半晌才回答，「我不知道。她是誰？」

「不重要。我不知道。就像你不知道我，我不知道你。」

「我知道。太知道。是妳不相信。」

我確實不相信。女人想，也發出這樣的語言，「我確實不相信。」她移動雙目，略略轉頭，好像想要去迎接男人的注視，卻終究只停在一半的位置，伸手拿起桌上的打火機開始把玩，發出漫不經心的聲音，宛如自言自語，「我很愛你喔。好愛好愛。愛得心臟都會發痛。這樣被你抱過來，吃你親手為我做的早餐，真的好幸福喔。幸福得眼睛都哭腫了。但是啊。」眼淚又掉下來了，但女人不能停止說話，她必須繼續，「但是啊，但是啊，這不是真的。」

安靜。

男人覺得，或許這就是世界末日吧。

女人一面哭一面笑了。身體又開始發抖了。不冷。浴袍穿得好好的。但很冷。需要溫暖的光。女人的拇指啪差啪差地擦著打火機的小轉輪。一切都是因為她。

「我愛妳。」男人的聲音自夜空、雲層、低氣壓、和已然消失月亮的寂靜中傳過來。明明是中午。明明陽光如此金黃燦爛。

「你沒有。那是假的。」女人機械式地重複著和打火機的遊戲。

「是真的。」男人的聲音有點疲倦。他是真的疲倦，但女人聽來卻更加宛如虛假的證實。

你什麼都不知道。女人心中迴盪著這句話，拇指啪喳一聲，將打火機點燃了。她把另一隻手掌擱上火苗尖端。

「妳幹什麼?!」男人嘴巴雖然這麼喊，但沒有伸手制止，他覺得一切好荒謬。

女人專注地盯著那小小火苗。迷路的時候，性命垂危的時候，就算躺下了，視線也必須要盯著遠方那個似乎是光芒的小點，不能輕易移開。

活下去呀。活下去才是最重要的。

但也許不是。也許我錯了。女人發出微笑。

真奇怪。她想。皮膚很快就確實地疼動起來。扎扎實實的疼痛。但那疼痛卻又好遠。明明真的很痛啊，但也同時沒有感覺。怎麼會有這兩種狀態同時並存呀。真奇妙。

她的目光始不再看向男人。

但是男人的兩隻眼睛卻始終沒有離開過她。

女人覺得好幸福、好悲傷。因為。

「這一切都不是真的。」她盯著那火苗的中心，所以，「我必須要醒過來。等著看吧。就快了。五、四⋯⋯」

三、

二、

一。

我醒了。

·　◆　·　◆　·　◆　·　◆　·　◆　·

傑克站在台北忠孝東路的街頭，送女人上車。

他們初遇的一天已然結束，但傑克並沒有立刻回家。

他橫渡深夜空曠的馬路，穿入密密麻麻的巷弄內，來到一家小店，店門的招牌相當低調，幾乎被樹葉遮去了大半。傑克推門而入，小小的空間裡，他的酒友們正亂七八糟地胡鬧著。有人已經趴在廁所門口了，儼然剛剛吐過，但隨時準備著還要再進去；有人正面紅耳赤地彼此大聲嚷嚷，還有人高聲唱著怪歌。除了那倒在廁所外頭的傢伙，六個男人一見傑克便嘩然齊喊：「終於來了！」「以為你不來了！」「幹！臨時放鴿子！」「老闆！這家店到底是不是你的?!居然就這樣放著不管！」「來！先罰酒！」

傑克笑笑地，也不廢話，自己倒酒，咚咚咚便灌三杯shot。男人們這才滿意地不再抱怨。這家小店，向來都是傍晚五點才開業，直至凌晨四點。工作人員除了他自己以外，由三個年輕人固定輪班。傑克每天都會到店裡照看一下，但什麼時候出現卻自由得很。小小店裡總共也才十五個座位，儘管如此卻也很少客滿，除了傑克自己的朋友們開趴以外。一個員工要應付整家店是綽綽有餘的。不過，傑克依然每天都會到店裡照看一下，他通常讓員工負責開店，然後自己收拾關門打烊。由於朋友們常來，所以三個年輕員工也都已和大夥兒相熟。這有點糟糕。儘管傑克罵過朋友們很多次，但那群傢伙還是會拉著他的員工一起喝酒。畢竟空間很小，親密感很強，一旦沒有其他客人，朋友們就直接把傑克的店當自己家了。有時甚至會自己去吧台拿酒添杯，問也不先問一聲。實在過分得很。

一口氣灌下三杯shot，傑克的腦袋立刻有點昏了起來。大夥兒

當然不知道他從下午就開始喝了。其實傑克的酒量很好。一罐啤酒等同一杯可樂。在今日陽光很好的午後，晃去那家有著漂亮花圃露天雅座的餐廳，喝啤酒看閒書，然後便提早回店裡，為晚上朋友們的聚會準備食物……原本，傑克是這麼打算的。他哪知道會遇到一個女人讓他忍不住啤酒喝到三罐，後來還追加一瓶紅酒。在那當中，朋友們幾次簡訊電話連環追擊，殊不知傑克早就乾脆把手機關了。就在遇到女人十分鐘後。

在那之後的一切，傑克都處在腎上腺素飆升不退的狀態。酒精對他來說完全不起任何作用。

現在開始發揮同步效應了，連同剛剛那三杯shot。

趁著意識還清醒，傑克又笑又罵，半推半拉地把員工從那群豬友當中拔出來，塞了計程車錢給員工讓他趕緊下班回家。

站在風有點大的馬路邊，等計程車到了，送員工上車，拿手機拍了一下車牌。

簡直就是先前的重複。怪異的不屬於似曾相識的似曾相識感。

傑克一直站在原地，兩手插在口袋裡，直到車子完全消失在視線當中。

不是現在。是之前。送女人上車之後。

其實，傑克也不相信一見鍾情。他向來都覺得那是藝術家們為了創作而創造的浪漫。一見就想上的女人倒是很容易理解。也碰到過好幾次。完全不認識，才看一眼，就很想上的女人。有時傑克會因為這樣而採取行動。有時不會。因應當時狀況而定。在這方面，傑克還滿會的。不過後來傑克漸漸不太採取行動了。覺得麻煩。上

的時候雖然很爽，上完了卻幾乎都得稍微處理一下後續。正確來說，是沒有後續的後續處理方式，這個，傑克就不太行了。因此經常拖拖拉拉一陣子，有時會搞太久，把事情變得更難處理。

在這世界上，不存在那種只要做愛不談感情的女人。這是傑克的結論。女人跟男人完全就是不同星球的物種。

當然也有因此就正式交往起來的女人。有時候順利，有時候不順利。至今為止，傑克總共交往過十個女友，距離上一個，已經過三個月了。這對傑克來說有點久。不過這次他沒有因為這樣就跟女人上床。他真的學乖了，寧可日子無聊、乾火白燒，也不要再沾到咬過五分鐘就失去味道的口香糖。

總之他從來不相信一見鍾情，直到今天下午。

這是西元2018年12月12日。

不，13日。已經是凌晨，隔天了。

當然他之所以會坐到那女人對面，有一半真的是好玩心理。畢竟他身邊會去閱讀長篇小說的朋友一個也沒有。連最通俗的小說都沒人感興趣，更別說是囉哩吧唆搞什麼魔幻寫實的馬奎斯了。不過《愛在瘟疫蔓延時》卻是馬奎斯脫離魔幻手法回歸現實的作品。也是傑克的最愛。這本小說他多年來重讀了許多次，那故事中的種種細節與光景，就像分身的影子般刻在他血肉的隱形皺摺內層。如此相親，但身邊可以聊的對象卻一個也沒有。

於是就因為這樣的緣故，傑克在那個閱讀著小說的女人對面一屁股坐下了。反正剛好真的沒有空位，管他這樣是不是很沒禮貌。

哇搭悉是外國人，所以管他的。這是傑克多年來身為異鄉人所

養成的反機制。

不過，其實，不是這樣的。事實的真相是，當傑克抵達的時候，剛好，還有一個空桌，就在女人旁邊。當傑克經過女人的時候，女人曾本能地稍微抬起頭一下，與傑克四目相交。然而那相接的視線實際上卻是沒有交集的。女人的眼神只是掠過，明明有看到傑克卻沒有。對女人來說傑克只是風景中的一部分顏色。傑克很確定當下如果有人立刻去問她：「請問妳剛剛是不是看到一個外國人經過妳面前？」女人會茫然地回答說：「有嗎？」然後完全想不起來。因為她的視網膜和大腦之間距離太過遙遠。

她完全包裹在自己的世界裡。周遭的一切都是真實存在的。女人沒有脫離，只是隔著一層膜。

總之因為如此傑克對女人上了心。經過的時候又發現女人在讀著小說，和自己口袋裡的那本是同一部。

於是傑克在女人身旁的另一張桌子坐下了，點了一瓶啤酒。他暫時沒有將小說拿出來閱讀。總覺得兩個陌生人這樣，坐得這麼近，不同桌，卻各自讀著不同翻譯本的同一部小說，是件很怪異滑稽的事。在等待啤酒送上桌來的那短短一分鐘內，傑克就覺得身體燙燙的。也不知道是不是因為太陽的關係。

很可能不是。因為不是皮膚表層。是裡面，有東西在輕微震動。在他的手臂、胸膛、大腿，裡面。隨著血液。肌肉的細微處有小分子在奇異地滾動著。

這時剛好又有新的客人走進花圃了，左右張望著尋找座位。傑克立刻起身讓座。因此而感覺比較心安理得地來到女人那桌，打個

雙關的招呼語便逕自在女人對面坐了下來。

看女人露出驚訝的表情，傑克的興致更高了。他真心不知為何自己會有這些舉止。雖然有好玩與好奇的成份，但就算是他，傑克，也不會這麼唐突地做這樣的事。純粹就是莫名的衝動，傑克自己也不明白。眼前明明只是一張很平凡的臉。雖然不難看，但也實在稱不上漂亮。皮膚白白的，鼻頭圓圓的，頭髮短短的。沒了。沒有重點的一張臉。

傑克灌著手中啤酒，盯著女人看書的模樣。

身體暗流繼續滋滋滋地滾動著。真的不是因為午後陽光。也不是想跟女人上床。那個當然有。但不只。多數是其他……其他……

傑克困惑地感覺著。到底是什麼？

那句「給我五十年」當然只是搭訕女人的調情玩笑話。女人要是真的相信就瘋了。

但是很奇怪。很奇怪話說出口以後，傑克自己就相信了。他忽然覺得，自己說出來的話，是認真的。像是有另外一個自己，在那一刻取代了當時的他，替他說出一句唯有另外一個自己才知道的祕密。按下決定性的開關。把原本相隔的兩個時空連接起來。

傑克莫名其妙地被另一個自己操縱著，事態就這麼看似隨便但每一步都很關鍵地繼續往前。傑克好奇了起來。

管他的。雖然不知道現在是怎麼回事，但就這樣走走看吧。他完全聽憑直覺地拋出那些好像自言自語又好像對女人說的話。

「他曾為她準備了一艘船。」

「她將會搭上那艘船。」

傑克自顧自說著小說的結局。

每一句話，他拋出的時候都覺得自己只是在勾搭女人，但說出口的每個瞬間，他都感覺到自己語言的分量與真實。

現在正在發生很不可思議的事。傑克可以確定的唯有如此。於是他想起晚上朋友們的聚會，拿出手機把電源關掉了。他想要認真搞清這到底是怎回事。

當女人終於稍微徹下防衛，開始回應之後，兩人的話夾子打開來，聊起了各式各樣的話題。

午夜過後傑克真想把女人帶回家上床。他用了兩個小時掙扎猶豫，對話持續著，腦子裡有一部分卻一直在考慮到底要不要。最後他判斷女人百分之百會拒絕。於是傑克沒有提。即使他不怕被拒絕。

他們一直坐到餐廳打烊，凌晨兩點。

站在風中的馬路邊等計程車。傑克感到慌張。一切就要這樣結束了嗎？就這樣嗎？沒有然後嗎？怎麼然後呢？女人會不會過了今夜就消失呢？

女人很可能會。憑直覺，傑克覺得女人只要離開了很可能就會消失。

他唯有先當下確認女人留給他的電話號碼是真的。這是他目前唯一能掌握的。

但即使如此，下次他撥電話，女人不見得會接聽。只要女人想要消失，傑克沒有任何阻止的方法和挽留的立場。

彷彿漂浮在夜海上小船失去方向似地，傑克只能一直盯著女人

的臉，把那當作燈塔。

女人的眼神經常會下意識的閃躲。

約吧。約下一次見面的時間。傑克整個身體都在呼喚這麼一個簡單的希望，卻在女人的防備閃躲之下毫無著力點。計程車到了，女人上車。逃也似地。

目送著那計程車駛離直到視線終端。傑克在風中又站了一會兒。他剛才傳了簡訊給女人。但女人沒有任何回應。

果然。

傑克又等了一會兒，他不知怎麼處理內心的那份悵然若失，不過，朋友們還在等他，而小酒館總要他去了才能收拾打烊。傑克終於開始移動，邁步跨越深夜無車的大馬路。

他一面走一面想，或許這就叫做一見鍾情吧。

但是女人已經消失了。

是嗎？

神啊！

傑克心中呼喚。

如果這一切只是故事的開端，請讓她早點給我回應，不要讓我等待太久。

而如果故事就這樣結束了。請讓我醒來吧。

傑克以前從來不相信一見鍾情。直到西元2018年月12月12日。

大概是假的吧。傑克推門走進傑克的店。

醒來吧。

回過神來時，窗外依舊是一片金光燦然。

　　不知為何竟忽然發起呆來。女人就這樣在他面前把手掌放到火焰尖端，那個畫面實在太超現實了，讓男人一時間腦袋空白，彷彿瞬間被彈到極為遙遠的地方似地，此刻正在發生什麼事，由於距離太過遙遠，缺乏了任何此刻該有的感受。那征忡或許只有一瞬，或許很久，男人無法察覺與辨別，猛然回過神來，才真的意識到眼前正在發生什麼事，連忙伸手拉開女人已然灼傷的手掌。

　　「現在是怎樣？」男人握著那纖細的手掌，望著那手心灼傷的皮膚，「是要逼我跟妳分手嗎？」

　　我有說要分手嗎？女人瞪著男人。我只是說不結婚有說要分手嗎？這麼簡單就被我測試出真心了嗎？

　　只要我撒野。只要我說不。只要我抱著你哭泣，拿東西砸你。只要我說，我愛你，我不管，我不要分手。只要這樣，你就會繼續待在我身邊。女人很清楚。

　　不懂得做這些事的女人永遠留不住男人。

　　於是女人開始撒野、哭泣、大喊大叫、亂砸東西，最後可憐兮兮地滾到地上，吸著鼻子邊哭邊說：「討厭，討厭。我不要。我不要分手。人家真的很愛你。對不起嘛。對不起對不起我不是故意要惹你生氣的。我剛剛真的就是發神經，你不要生氣了好不好？」

　　男人臉上沒有表情。他忽然累了。而且剛才女人起身亂砸東西，行動自如，男人疲倦地問：「妳的腳好了嗎？剛剛怎麼忽然能走了？」

　　「哪有？」女人縮在地上吸著鼻子繼續哭，「剛剛發神經亂

動，人家現在好痛喔。」她躺在地上移動膝蓋，脫掉毛襪摸著腳踝，「你看啦，變腫了。」

男人坐在椅子上沒動，看著。他有個決定必須要下。他要當壞人，還是好人？

以前他看不清這狀態、這戲碼，就算看得見，他也無法硬起心腸。莫名的內疚感很強大。看到受傷的小動物不能不管。

但現在不知為何腦子裡有盞燈亮了似地，男人看得清清楚楚一切是怎回事了。他不是不再覺得心疼或內疚，而是距離忽然變遠了，客觀起來。

說穿了。死不了。這女人。現在這樣。

「腳好痛喔！」女人還在哭著嬌憨。

「那妳去看醫生吧。」男人說著起身離開現場，拿鑰匙，穿鞋。

女人不敢置信地看著男人的背影。連男人自己都覺得很難相信。這不像他。儘管過去某部分會很想這麼做卻從來沒有做到過。現在做到了，忽然發現那和應不應該、對與錯並沒有關係。不是百分之百。男人的腦殼裡、身體裡，有著好幾層制約，像一條又一條的鎖鏈，拴著他，讓他不可能像現在這樣起身離開。如果拿解剖刀挖開來看話，那幾條鎖鏈的材料是這樣的：

第一條鎖鏈：不能放著哭泣的女人不管。就像看到受傷的小動物不能不管。同理。

第二條鎖鏈：他愛著自己那很棒的男人的身分形象。

第三條鎖鏈：他的性格。那使他溫柔、體貼、細膩，也使他軟

弱、舉棋不定、缺乏魄力。

第四條鎖鏈：他愛著女人。

四條鎖鏈全部加起來是極為有力的桎梏，如果不是女人這瘋癲戲碼在短短時間以來反覆上演，男人此刻不可能被鬆綁。那些折騰猶如強力鋸齒鋼輪般地，以高速切磨他的忍受力，在每一次尖銳的巨大割鋸聲響中，火星四射，碎屑不斷掉落。終於，在男人自己沒有察覺的消失過程中，第一條鎖鏈鬆開了，然後是第二條、第三條……男人起身離開現場。

從廚房走向門口其實只有短短二十步距離。男人抵達玄關穿上布鞋。

女人在廚房聽見男人打開家門的聲音，倏然從地上坐起身，尖聲高喊：「你去哪裡?!」

「上班。」

女人無法置信地聽見家門關上的聲音，她又大聲呼喚了男人幾次，沒有任何回應。女人呆了一陣子。廚房內飄盪著安靜的猶疑，最後終於自什麼也沒有的空白深層，滴出了真實的回音：男人真的走了。

女人覺得好不真實。

她茫然望著地上亂七八糟的景象，然後舉手瞧瞧被自己燒傷的手掌。不知又過了多久，某部分還在等待著男人開門走回來。就像被困在汪洋小船上似地，捧著受傷的身體眺望遠方，等待救援。

但是沒有人來。

陽光緩慢地移動角度，逐漸傾斜。女人開始覺得很無聊，終究

失去了耐心。她困難地扶著牆壁站起身，踩過地上的杯盤碎片，舉步蹣跚。腳踝確實受傷了，還沒復原，剛剛撒野任性不管，現在腫脹的筋膜和關節都疼痛得相當厲害。女人一面走著，一面感覺腳底因為踩過碎片而傳來另一種尖銳的疼痛。她覺得很爽。

一步一步慢慢地，終於跋涉到流理台前，打開了水龍頭，將手掌放到清水底下冷卻燒灼後的皮膚。

雖然很莫名其妙；這樣毫不介意地任由赤足上踩入碎片，卻堅持走來處理手掌的傷口；但女人覺得理所當然。回頭望去，地板上血跡斑斑，標示她走過的痕跡。

管他的。反正有人會處理。女人轉過頭來繼續盯著清水流動之下的自己手掌。

對呀我就是這麼任性欠揍。

她發出了微笑。

她閉上眼睛。

來呀。

·　✦　·　✦　·　✦　·　✦　·　✦　·

就因為咪咪蔣臉上那挑釁的表情，所以我打了下去。

在浴室裡，用手裡那支正在沖身體的蓮蓬頭朝咪咪蔣狠狠揮擊，水花四濺。我連自己打到咪咪蔣哪裡都不曉得。也不在乎。在咪咪蔣的尖叫聲中，我拼命揮動手臂朝她亂打。

咪咪蔣一邊躲一邊還擊，兩人很快地就變成互相拉扯的狀態，滾到地上，蓮蓬頭自我手中脫落了，熱水噴來噴去的，視線模糊，小小的浴室裡充滿刺耳的尖叫聲，也搞不清究竟是她的聲音還是我的。我們手腳全來踢抓扭打，身上很快就爬滿一堆爪痕和紅腫瘀青，頭啊、手肘啊膝蓋各處，一直輪流咚咚咚地撞到磁磚、馬桶和洗臉槽。漸漸地，咪咪蔣開始放棄回擊，也不出聲了，等我回過神來時，浴室裡只剩下我一個人的尖叫聲，只剩我還在朝咪咪蔣又踢又揍。我意識到了，但卻完全停不下來。覺得好像有看到鮮血。人繼續跪到地上抓起仍在噴水的蓮蓬頭，朝那悶不吭聲、縮成一團的咪咪蔣拼命揮砸。

直到身體再也不剩半點力氣。

坐倒在咪咪蔣身旁，背靠著馬桶，癱成軟泥的全身唯有一隻手掌扔在用力，黏住了似地緊緊抓著蓮蓬頭。我一面喘氣一面瞪著眼前蒸騰的水氣，牆壁上的白色磁磚有血跡，也不知咪咪蔣到底受傷多重。說不定被我打死了。Who cares? No one. Nobody would care. Nobody knows about you. 咪咪蔣。

那是咪咪蔣搬進我家後第二個禮拜所發生的事。兩人很親密地一起洗澡洗到一半，咪咪蔣說了什麼，然後我就忽然拿蓮蓬頭往她揮了過去。腦袋忽然斷線了。那時候。

死了嗎？我瞪著白色磁磚上的血跡。

身旁縮成一團的那個，忽然微微震動，發出嘻嘻嘻嘻的笑聲。

我連轉頭看她的力氣都沒有。白茫茫的視線餘光中，咪咪蔣緩緩撐起身體，高舉手臂將水龍頭關了，然後爬到浴室門底邊，抓下

早已被噴溼的浴袍，裹住我的身體。

「不要碰我！」我大叫，叫完又筋疲力盡地繼續喘氣。

「嘻嘻嘻嘻嘻嘻。」咪咪蔣再度發出笑聲，趴在我面前。那張臉已經腫得不像話了，笑起來更加歪扭成奇怪的模樣，濕淋淋的頭髮亂七八糟地糾結成怪異形狀，渾身佈滿傷口和一道道指甲抓出來的血痕。她用那可怕的赤裸模樣，口齒不清地笑著說：「好痛喔！」

怎麼聽都覺得她比較像在說「好爽喔！」

要不是真的沒有力氣，我很可能會再度舉起蓮蓬頭揍她。

咪咪蔣之前到底說了什麼，讓我腦子忽然斷線開始揍人？

想不起來，浴室裡的水氣蓋住了一切。

其實我從第一個禮拜就想把咪咪蔣趕走了。但她就是賴著不走。認真賴著不走。我很委婉的暗示過很多次，後來也很理性平和地把話攤開來明講，都沒用。

「對不起，」話說我幹嘛對不起呀?!但我這人就是這樣，「對不起，但我真的不習慣妳住在這裡，這樣我很困擾，請妳搬走吧。」拜託妳走吧拜託妳走吧拜託妳走吧。

「可是人家真的沒地方去呀。」咪咪蔣露出那副可憐兮兮的模樣。

關我屁事?!「那我幫妳找。」我繼續維持理性。

「不要。」咪咪蔣嘟起嘴巴，「人家不想走。」一面說一面任性地踢動被子。那時候我們兩人一起躺在床上，蓋同一條棉被。我渾身都在大叫：get the fuck out！這裡是我家！我家！我的！我不

准妳走進來！

但我只是抓著棉被瞪著天花板，渾身僵硬。咪咪蔣何止走進來，她還坐進來、躺進來、住進來。她就是進來了。悠遊自在。好像這是她家，好像她已經在這裡住很久了似地。很多時候我發現我比她還要客氣。啊。不好意思，妳有要用廁所嗎？沒有後，那我要洗澡了喔？這種問題每次都是我在問。不。這些生活細節都不是重點。光是家裡多一個人在那邊給我晃來晃去，就覺得真的很煩。妳到底是誰？妳為什麼會在這裡？妳憑什麼在這裡?!

儘管所有細胞都在如此大吼，還是沒辦法將情緒扔出來。因為。說穿了。她賴著不走我到底能怎麼辦呢？總不能去弄個安眠藥什麼的，趁她昏睡失去意識，然後半夜把她拖到路邊去扔掉吧？更何況我懷疑即使如此，在我死拖活拉、辛辛苦苦地將她扔到路邊去之後，她還是會死皮賴臉地回來。

我想不出任何辦法，只好忍耐。既然無法改變現狀，只能讓盡量自己調適心情。為了不讓日子過得不開心，拼命適應，努力改變，一遍又一遍地對自己洗腦：唉呀，妳瞧，其實家裡多一個人也挺熱鬧的，兩個人一起吃飯很溫馨呀。還一起睡覺。多溫暖。

於是兩個禮拜以後，連一起洗澡這樣的提議，聽起來好像都很好玩了。

不賴呀，享受一下赤裸裸的親密甜美時光。

結果卻變成那樣悽慘暴力的下場。

咪咪蔣從頭到腳被揍得不成人形，就在我面前。

原來我是這麼恐怖的一個人啊。我呆望著她，覺得自己好像忽

然遇到鬼似地。

「好熱喔。」咪咪蔣口齒不清地說。她拖著受傷的腳，再度爬到浴室門邊，打開門爬了出去。

幹。我靠在馬桶邊忽然想到她全身濕答答地，會把我的客廳弄濕。

幹。最好不要就這樣給我爬到沙發上。

莫名的怒火又開始燃燒了。雖然行動很困難，視線也很模糊，我終於還是勉強站了起來，踉踉蹌蹌地一步一步扶著牆壁走出去。

咪咪蔣一絲不掛的身體就在我面前，我看著她慢吞吞地爬過了客廳、爬到窗台邊，我看見那光溜溜的身軀攀上窗台，我看著咪咪蔣打開窗，冷空氣咻咻咻地竄入刮得我耳朵有點痛，然後我看見七樓底下的巷子。有點遠有點近。

等一下。

等一下、等一下、等一下。這是怎麼回事？為什麼會變成是我趴在窗台邊？

「跳啊。」我聽見咪咪蔣在我耳邊發出了聲音。

   •   ◆   •   ◆   •   ◆   •   ◆   •   ◆   •

傑克等待了很久。

雖然才三天。但他覺得很久很久。女人果然沒有打電話給他。也沒有傳簡訊。連第一天晚上要她報平安的那通訊息都沒有回應。

他好幾次拿起手機想要傳個什麼過去，但又忍耐地將手機關上。

他用女人給他的名字在網路上搜尋，找到了女人的個人臉書。女人的存在是真的，只是……只是怎麼了呢？傑克不懂。他不是第一次主動跟陌生女人搭訕。那天下午，那個夜晚，兩個人是真的很來電。傑克相當確定這點。難道女人不是單身？也許女人其實已經結婚了？

傑克忍到第四天，半夜裡下工後終於心癢難搔，傳了加入臉書好友的邀請給女人，然後躺在床上失眠，滑手機，直到發現女人加他為好友了，傑克躺在床上翻來覆去，還是完全睡不著。他決定傳訊息給女人：「什麼時候有空？請妳看電影？」

然而女人依舊沒有任何回應。

一個禮拜過去了。

一個月過去了。

一個月又一個月又……無數的時光流過。空白地。儘管如此，傑克心裡還是有個聲音：就是妳。就是這個女人。

傑克不明白為什麼那個聲音會存在。

我也不明白。

現在到底在發生什麼事？風好大。

猛然驚覺過來，我嚇得渾身倒彈，失去重心，一屁股朝後摔下窗台。

但至少落地處是客廳地板，不是外面七樓之下的小巷子。就現在這副裸體的模樣，摔下去除了會死以外，也會死得很丟臉。說不定第一個發現我屍體的會是噁心歐吉桑流浪漢，不立刻報警處理，還饒有興味、色瞇瞇地把我那沒穿衣服卻死掉的屍體觀賞很久，摸來摸去，然後被另一個路過的歐巴桑看到了，出聲斥責，這色老頭還會辯解說，我只是在確認她是不是還活著。

在我屁股摔跌客廳地板的那一瞬間，以上畫面掠過我腦海。冷風吹得我渾身起雞皮疙瘩，我連忙又爬上窗台去將窗戶砰地關上，拉上窗簾。

「嘻嘻嘻嘻嘻嘻。」咪咪蔣在旁邊笑得很樂。

這不是第一次發生。我忽然想起來。這種事。之前發生過。但發生幾次我自己不記得了。深深的恐懼感瞬間漫襲全身。

於是。

就因為這樣後來我找到機會就把咪咪蔣栓起來了。

就當家裡養了一條狗吧。

而咪咪蔣居然完全沒有抗議。

為什麼咪咪蔣情願如此也不走呢？
為什麼我終究沒有半夜把咪咪蔣拖到外面去扔在路邊呢？
因為，歸根究底，我們兩個都很明白，咪咪蔣是真的沒有地方可去。完全沒有。咪咪蔣沒有家人、沒有朋友、沒有任何人受得了她，但她卻是個會因為孤單而寂寞至死的人。
終究。只有我能收留她。只有我不會對她見死不救。

多麼悲哀啊。然而到底是她比較悲哀還是我呢？

傑克沒有答案。

生之歡。死之樂。巨大的鮮花正在綻放。
被鎖在角落的咪咪蔣高聲歡唱，每天早上。她爬上窗台拉開窗簾，不管外面是下雨還是放晴，多雲或者金光燦爛，咪咪蔣對著天空的方向潑灑她自己發明的怪異歌曲，張開雙臂高聲歡唱：

「生之歡。死之樂。巨大的鮮花正在綻放。愛呀愛呀唉呀哀～～」

・　◆　・　◆　・　◆　・　◆　・

男人灌下最後一口啤酒，自露天咖啡座上起身。

夜色已經完全壟罩城市，卻蓋不住他腦中依舊亂糟糟的思緒。男人在習慣性的驅使下，於回家路上買了兩人份的晚餐。

女人是瘋子，所以讓男人的三條鎖鏈斷了，儘管如此，卻還剩第四條。男人並沒有因為四條鎖鏈變成一條所以就忽然獲得自由。他所能感覺到的唯一的不同，只是在鎖鏈的囚禁範圍內，行動稍微比之前輕鬆一點。男人將那誤認為力量，能夠反擊女人的力量，於此同時卻也產生新的矛盾：他知道這段關係再繼續下去只有兩敗俱傷，卻沒有能力離開。男人踏著疲倦的腳步，在習慣性的驅使下，買了兩人份的晚餐回家。

夜色已經完全壟罩城市，卻蓋不住他腦中混亂的思緒。他很清楚，廚房還有一堆亂七八糟的破盤子和玻璃碎片等著他處理，女人的腳踝是真的受傷了還沒好。

肯定變嚴重了。吃過晚餐以後帶她去中醫診所再重新電療一下吧。男人掛念起來，不知不覺加快了腳步。

踏進家門的第一眼，男人就本能地覺得不對勁。

好空曠。為什麼？

屋子變得非常整齊乾淨。太過整齊乾淨，反而顯得怪異，一瞬間產生誤闖進別人家的錯覺。不過。這是自己的家沒錯。怎麼回事？男人大叫的女人的名字一面衝向廚房，沒有人，而且窗明几淨。不對勁！男人轉身衝進臥室，發現女人的行李箱已經不在了。他四下環顧，立刻察覺床單被套都是乾淨重新換洗過的，熨燙得很平整，鋪疊精緻，簡直可以拍下來當雜誌照片一般。男人砰砰砰地

打開臥室衣櫥和衣櫃，既而又衝進浴室、轉至客廳、繞到廚房、重回臥室，他在那三十坪大的房子裡到處繞來繞去，不斷重複路徑，翻著已然翻過的櫃子、抽屜，將每個細節反覆檢查。沒了。什麼都沒了。女人的東西全都不見了。就連浴室出水孔都沒有半根女人的頭髮。簡直就像女人從來不曾來過似地。

男人最後回到廚房，摸著光滑無垢的廚房流理台，不禁懷疑女人是不是連指紋都全部擦拭抹淨，半點不留。

時間是晚上八點半。男人看著餐桌上剛剛提回來的晚餐，從印有鬍鬚張圖案的塑膠袋裡，拿出了一份豬腳便當、一份雞腿便當、魯白菜、青江菜、一碗白蘿蔔湯、一碗四物湯，坐下，開始以飛快的速度吃將起來。明明沒有很餓，吃到後來肚子實在撐得有點辛苦，但他依然沒有減緩速度。像是要對那已然消失的早午餐鬧劇發出抗議，為了扳回一成，僅僅花十五分鐘便將兩人份的晚餐吃得精光。

這樣也好。男人吃完以後立刻起身毫不休息地開始收拾餐具，紙盒空碗竹筷全都放回塑膠袋，拿起鑰匙走出家門搭電梯，到地下二樓垃圾間扔掉那份原本要跟女人和解的心、重新振作的努力和所有共享一頓飯的溫馨記憶。這樣也好。男人想。就到今天為止。到此刻為止。其實瘋子不是女人，是自己。交往不到半年就跟人家求婚，怪不得會把人逼瘋嚇跑。但話說回來，是因為女人，自己才會變成這樣的瘋子。在愛上女人之前，男人是很正常的。歸根到底還是女人有問題。女人把自己的問題像傳染病似地滲透到男人的生活裡、血肉裡，利用每一次盡情的交歡，每一個生活互動的細節。女

人的心機太深了，男人只是呆子一枚毫無知覺，就這樣很快地被女人變成了神經病。兩個神經病加在一起，中邪而不自知。男人沒力氣脫身，女人倒自己跑了。這樣也好。一直待在颱風狀態裡腦袋遲早會有問題。

和那女人有關的一切就這樣全部結束吧。

倒完垃圾回到家，坐在客廳沙發上，忽然覺得家裡變得太過安靜。

時間無盡的流過了。男人呆坐在巨大的空白裡。什麼也沒有。

於是他拿起遙控器打開了電視。

然後他閉上了眼睛。

恍惚間聽見雨的聲音。綿綿密密，細細的小雨。溫柔的潮濕的聲音。

雨的聲音漫進夢中，染遍城市各個角落，自地下孔、行道樹、牆壁、以及沒打算遮雨的生物毛細孔，滲入了深深的無名隧道。

誰也不曉得這場雨究竟要下多久。氣象預報一直報錯。

可能是因為這樣的緣故，當那場連綿的雨水終於停止的時候，所有人都忽然從屋簷底下、房子裡，紛紛湧入了街道。

傑克睜眼醒來。隱隱知道自己睡了很久。

他暫時感覺著臥室裡的陽光。雖然躺在床上，卻已經能夠感覺到屋外的氣氛已截然不同。下了床晃到廚房，吃過簡單的午餐，隨

意自書架上抽下一本小說，正打算要坐下，忽然意識到窗外金光燦然，於是心血來潮，套上了夾克，將小說放進口袋裡出門。

明明不是週末假日，行人卻比平常還要多了不少。陽光在街上嘩啦啦、嘩啦啦地笑著。

傑克漫步至以前去過的一家餐廳，然後他看見了女人。就跟第一次看見時一模一樣的畫面，女人坐在角落，低頭看小說。

那一瞬間，傑克化成了三個不同的他。

第一個傑克立刻稍微改變方向，假裝沒有看到女人地經過了露天咖啡座，繼續往前走。沒有目的地，沒有任何想法，就這樣一直走一直走，直到他忘記一切。

第二個傑克渾身僵硬，定在原地無法動彈，既無法前進也無法後退，永遠停留在看見女人的那一剎那。

第三個傑克毫不猶豫地踏入了餐廳的花圃。他對於此時這第二次的相遇既不覺得驚訝，也沒有絲毫懷疑，一切都是那麼地理所當然。彷彿他早就知道事情會這樣發生。

當然，他們都沒有意識到彼此的存在與分離。

傑克來到咖啡座的角落位置，站在女人面前，故意地問：May I？

然而女人抬起頭卻露出陌生的表情。她已經完全將他遺忘。

沒有關係。傑克逕自在女人面前坐下。他毫不理會女人的反應、或者不反應。他自顧自說著曾經說過的話，然後說：「會想起來的。」

那些語言彷彿芝麻開門般地，解除緊閉的鎖，塵封的寶物們終於被看見了。自由了。

女人想起來了。想起來的那一瞬間露出非常複雜的神韻，一波又一波地，大概有一百個故事掠過女人的臉龐，浮光掠影閃射出模糊的交錯。

最後恢復成毫無波紋的平靜。

女人闔上書本起身離開，經過他身畔。傑克伸手拉住女人。

Let go.

女人發出聲音。

No.

傑克回答。

但女人終究還是輕輕掙脫了他的挽留，踏步離開餐廳。

傑克再度閉上眼睛。

醒來時覺得自己好像做了不可思議的夢，但究竟夢見了什麼卻在眼睛睜開的瞬間，被巨大的刺耳聲響給徹底銷毀。我整個人被那聲音驚嚇得震動了一下，倏然睜眼，尖銳的聲響頓時切斷了夢的連結，並且響徹黑暗。像是什麼高速引擎轉動下的巨大鋼齒，正嘰嘰嘰地刮著鐵鍊。

是咪咪蔣在試圖逃跑嗎？意識模糊中我不禁皺起眉頭，覺得很吵。

然而那只是我的鬧鐘聲罷了。

雖然才睡三個小時，卻好像做了很長的夢。除了鬧鐘以外也聽見咪咪蔣的熟睡聲。居然完全沒有被鬧鐘吵醒。伸手關掉鬧鐘鈴聲，然後暫時浸泡在黑暗裡，聽著角落小小的呼吸。均勻的、穩定的、輕輕的、不自覺的、持續的。永遠不會離開的。

我忽然覺得好害怕。

連忙伸手摸索，抓到沙發旁邊的遙控器，將電視打開，讓眼睛和耳朵都接收到除了我以外的其他世界，這才自沙發上坐起身，瞪著電視畫面。但那上面究竟在播放著什麼卻完全無法傳進大腦裡。視網膜和腦袋之間距離太遠了。

即使把電視音量稍微轉大，耳朵依然能夠聽見角落咪咪蔣的呼吸聲。

咪咪蔣每天在地板上縮成一團地睡覺，至今沒有因此感冒過。我卻一天比一天腰酸背痛。脖子、肩膀、腰、膝蓋、手肘……可以

說是全身都開始出問題了。究竟。這樣在沙發上睡覺的日子要持續到什麼時候呢？這不是什麼寬敞好睡的舒服沙發，只是朋友不要送給我的二手貨。我又不是沒有臥室沒有床。為什麼就是不能安心去房間，把身體放到床上平躺，好好將兩腿伸直，讓脊椎放鬆地睡上一覺呢？究竟在害怕什麼呢？明明鐵鍊栓得很實。每天都拉拉看，確認那個瑣和鉤子沒問題。而事實上咪咪蔣已經很乖了。不胡鬧了。這陣子。

但不行。就是無法安心。

這樣的日子到底要持續到什麼時候呢？

起身轉動脖子和肩膀，揉揉腰。有種好像因為彎身太久而很難站直起來的感覺。真誇張。睡到連腰都快扭傷的感覺真是荒謬。口好乾，於是進廚房連續喝了三杯水。拿起手機來確認一下時間。臉書有新的通知。打開來，是個陌生男人要我加他為好友。

在要按下拒絕之前，意識底層有條線本能地抽動了一下。Wait……

我忽然想起來。那是幾天前在餐廳跟我搭訕的傢伙。

沒差。

於是我按了「確認」將他加入臉友。過沒多久對方就傳來一則訊息：「什麼時候有空？請妳看電影？」

我不禁失笑。稍微猶豫了一下該怎麼回覆，終究還是因為覺得麻煩而放棄了。

已讀不回。對方會覺得我這樣很討厭吧。但是沒辦法。

放下手機振作起來，走到臥室將行李箱拉到客廳，看著那黃色

行李箱，又看看角落裡沉睡的咪咪蔣。

我要出國了。這一去就是一個月。在離開之前，有很重要的決定應該要下，早就應該要好好思考、判斷，然後選擇。但我一直拖延著沒去思考、判斷、選擇。一個月前就買的機票，卻直到現在要出門了不得不。才。

我盯著勾在牆壁上的鐵鍊，鐵鍊的另一端是咪咪蔣脖子上的綱圈，鍊子兩端都上了鎖，鑰匙在廚房抽屜。

如果我現在去把鎖鍊解開，一個月後回來，咪咪蔣會不會已經自己離開了呢？畢竟一個月很長，她應該耐不住寂寞。

但是。也很有可能還在。

甚至。中間離開了，等我回來，她便又跑來了。只要咪咪蔣不肯脫離我，我便永遠無法擺脫她。

那麼。

如果我不去把鎖解開，就這樣一走了之，等我回來的時候咪咪蔣大概已經死了吧。然後我只要把屍體解決掉就好了。咪咪蔣永遠掰掰。

第一個選擇必須冒險。我們都繼續活下去，但很可能無法獲得自由，仍舊回到彼此禁錮的生活，端看咪咪蔣是走是留。

第二個選擇很實在，沒有風險。咪咪蔣死掉，我獲得自由。

時間正在迅速地流逝。早上七點的飛機。我得要五點半抵達桃園機場。我開始在房間、臥室、浴室之間來回取出必要東西，咚咚咚扔進行李箱，與此同時腦中快速地旋轉著。

到底該選擇哪一個？

如果是你，你會選那一個？

· ◆ · ◆ · ◆ · ◆ · ◆ ·

傑克不知自己究竟走了多久。總之很久。

他在網狀的東區巷弄內漫無目的地一直走。直到下午的美好日光消失殆盡，還繼續走。直到起風了，繼續走。

不知為何覺得很冷。天氣真是莫名其妙。下午不是還很溫暖嗎？出門時隨便套上的夾克很薄，傑克縮起脖子，將連帽自頸後翻上腦袋，拉低至眉毛底下，兩手插入了口袋，摸到一本書，忽然感到有些困惑。他不太記得自己出門前有拿本書塞進口袋。

不過他沒有刻意多想，也不感到任何好奇。他只是想要這樣一直走。

很久沒打球了，也懶得上健身房，身體需要動一下，這樣漫無目的地在巷弄間隨便繞來繞去，雖然算不上什麼運動，但總之有什麼需要這樣去發散出來。在東區南邊的巷弄區繞得差不多了，渡過紅綠燈斑馬線到另一頭，進入北邊巷弄間繼續走。左彎右拐，碰到了市民大橋右轉再右轉重新深入巷弄。就這樣不知不覺間，經過傑克的店。

傑克終於停下腳步。

好罷。也該上班了。雖然不知道現在究竟幾點。他伸手推門，門卻不動，稍微錯愕之後才想起來，今天是禮拜一公休日，店沒開張。

他稍微猶豫了一下，自牛仔褲後面的口袋掏出一串鑰匙，用其中最小的那支打開了鐵門。

在空空無人的自己的店裡，跟自己喝一杯，挺好的。傑克如此決定。他記得冰箱裡還有一點點下酒菜，反正都帶本書出門了，趁機歇歇腿。不賴。

進門之後，習慣性地先關了門才去按下門邊的電燈開關。啪。

沒亮。

啪。

還是沒亮。

啪。啪。啪。啪。啪啪啪啪啪啪啪啪啪。

黑漆漆的。怎麼搞的？燈管該換了嗎？電線燒壞了嗎？還是哪個白痴上次喝瞎了去把總電源給關了？要是如此的話，冰箱的東西肯定臭了。傑克皺起眉頭，忽然間沒什麼特殊想法，就那樣在黑暗中雙臂交叉在胸前，將背往後微微靠著門，想著要走，還是留。

他是要現在就拿出手機，打開手電筒的功能，在昏暗中去搞清到底是哪裡出問題呢？

還是離開。留給員工明天上班時處理？

如果是你，你選那一個？

＊　＊　＊　＊　＊　＊

我將鑰匙輕輕放在沉睡的咪咪蔣身邊。

繼續收拾行李。

早上七點的飛機。我得要五點半抵達桃園機場。會訂這麼時間早的班機我真是瘋了。心裡一面如此後悔抱怨，一面繼續將必要物品扔進行李箱。完全懶得整理，雜亂也不在乎。不過行李箱也因此很快就爆滿。該帶的東西應該都帶齊了吧？我站在旁邊迅速地想著，忽然想起要去的地方電源格式不同，需要插座轉換器。想起來的那一瞬間心中真是暗叫好險，接著又開始覺得不妙：我的插座轉換器放在哪裡？

到處翻來找去都沒有，忽然想起我還有一個壞掉的行李箱，裡面裝滿了不常用的雜物，被我塞在儲藏室最深處，看了一眼時鐘，猶豫了一下，其實插座轉換器到機場再買個新的也行，但時間應該還來得及，我決定去儲藏室翻出那只舊行李箱。

儲藏室狹長而窄小，得先一一拿出掃帚、拖把、除濕機等雜物，舊行李箱由於很少使用所以堆放在最裡面，我在昏暗中拉到箱子把手，正要以倒退姿態往後拖，儲藏室的門卻在我身後關上了。

兩隻眼睛頓時變得什麼也看不見。在那濃稠的黑暗中徹底伸手不見五指，一瞬間彷彿連這肉身也跟著被吞噬消失了似地。

「嘻嘻嘻嘻嘻嘻嘻。」咪咪蔣在門外發出笑聲。

搞什麼鬼?!「搞什麼鬼呀!」我大喊，在狹窄的空間裡轉身去推門。

推不開。很奇怪。這儲藏室的門是沒有門把的。就算咪咪蔣不想讓我出去也不能把我鎖起來。難道她在短短三秒鐘內就搬了什麼

重物頂在門外嗎？哪來的重物？沙發嗎？僅憑三秒鐘的時間？

還是門卡住了？

我一面繼續用力推門一面大喊：「咪咪蔣別鬧了！」

但是門外沒有再發出任何聲音。咪咪蔣的笑聲、咪咪蔣的呼吸聲、她移動時鐵鍊和地板的摩擦聲，全都沒有。聽不見。在這扇門外，完完全全沒有任何聲音的存在。

我一直用力推門。到最後變成用撞的。用踢的。發出咚咚咚的巨大聲響。毫無用處。由於眼睛什麼也看不見的緣故，連自己到底是在踢門還是在踢牆壁都有點懷疑了起來。

不。我踢的當然是門。沒有錯。要是用現在這樣的力道去踢牆壁，我的腳踝早就扭了。

總之。被擺了一道。憤怒之餘我倒是有點佩服了起來。咪咪蔣看似沒腦袋，其實心機深得很，表面上會失控爆衝，骨子裡居然卻隱藏著這樣的耐心。她不知伺機等待了多久終於等到這一刻。厲害。我算是被將了一軍。

無奈之下只得投降，「好～～好～～妳贏了！」我對著門大喊，「妳贏了！我認輸！」

沒有聲音。

我砰砰拍門，「好了啦咪咪蔣！開門！」

沒有反應。

儲藏室裡什麼也沒有。就連燈泡也沒有。

我就這樣被困在黑暗中、無聲中，時間變得異樣漫長。

也許已經來不及搭上飛機了。也許才過五分鐘。也許連時間本

身都已經消失。

沒有聲音、沒有光、沒有影子、沒有人、沒有手機、沒有電視、電腦、沒有水、沒有食物、沒有……

在這個狹小的空間裡，跟我在一起的，除了一個塞滿雜物的壞掉行李箱以外，什麼也沒有。

·　◆　·　◆　·　◆　·　◆　·　◆　·

傑克呆呆佇立原地，視線越過花圃、陌生人、雨棚，注視著角落低頭看書的女人。彷彿眺望著極遠處的風景。彷彿汪洋上迷失方向的小船，忽然看見遠方有另一艘船的影子，由於發電機的電已經耗盡了，無法朝另一艘船駛去，便只能這樣呆呆地看著。專注而熱烈地看著。但願另一艘船會發現自己的存在。發現自己正在等待。然後。靠過來。

Sarah……

傑克腦中只剩下這個聲音。

我在黑暗中坐了很久。

被困住之後，究竟該怎麼辦才好呢？究竟該怎麼做才不會被困

住呢？我好像在思考著又好像純粹被黑暗催眠了似地發呆，就這樣過了很久。

　　或者沒有很久。無法判斷。然後漸漸地，就在我所沒有意識到的過程中，之前那種肉身消失的錯覺，由於漸漸適應黑暗，存在感也重新找了回來。

　　然而這副重新自黑暗手中取回的身體，卻似乎已經跟原本的身體不太一樣了。重量、質量，似乎都變稀薄了些。連整個小小的儲藏室都跟著變輕了般。覺得自己好像漂浮在外太空。迷失了方向，找不到回家的路，並且隨著時間繼續流逝，開始懷疑也許根本沒有回家的路。太空是無限的，而無限幾乎等同虛無，那裡既存在著無數路徑的可能性，也等於完全不存在。一旦回家的路徑不存在，家也不存在了。我的星球已然消失。只剩下這一艘小小的太空艙，在真空中茫然地漂浮。

　　咪咪蔣打算把我餓死吧。餓死真是一種很慘的死法。

　　於是我忽然想起了行李箱。簡直就像有人把一頂帽子放到我頭上似地，腦袋忽然具體浮現出一個行李箱。

　　我開始動了。慢慢站起來。因為坐太久，腿有點麻，稍微鬆鬆腿讓血液循環一下，然後摸著牆壁往前走，伸手去探行李箱。也許箱子裡有榔頭之類的，我可以把門敲破。只是三夾板製成的簡單一扇門，應該不難破壞。

　　不過，伸直手臂往前，一時間竟沒有探到行李箱，覺得好奇怪，摸著牆壁稍微再踏出幾步，還是沒有摸到行李箱。真的好奇怪。再稍微往前一點、再稍微往前一點、再稍微……等一下，這間

狹窄的儲藏室雖然是長形的，但沒有這麼長吧?!

　　事情開始變得比剛才還要詭異。但又覺得很可能是自己在黑暗中待太久了，連距離感都已經喪失。因此繼續一手摸著牆一手往前探，這樣又多走了好幾步，還是沒有行李箱。也沒有摸到底部的牆壁。太詭異了，我只能猜測，也許是黑暗改變了我對距離的感知，其實才往前移動一點點卻自以為很多；也許剛剛有經過行李箱，只是沒摸著，或是腳跟有擦到行李箱，但因為腿麻所以沒意識到。總之。事情總有合理的解釋，去搞清楚就好了。我決定將兩手各摸著兩邊牆壁，用倒退的方式重試一次。由於真的是很狹窄的儲藏室，兩手都朝雙邊去碰觸牆壁，手肘和肩膀都要縮起來才行。不過用這種姿態，總算不會錯過行李箱了吧，不管是手還是腳，總會有一個地方去撞到吧？

　　我開始一步一步往後退。

　　退了比預期更遠的距離。依然沒有行李箱，背後也沒有抵達儲藏室的門。

　　這下子，真的心底發毛了。

　　剛剛往前走，不超過十步距離吧？現在這樣倒退，已經有二十幾步了吧？

　　心臟劇烈地砰砰砰砰急速跳動。我幾乎可以聽見自己的心跳聲。不。我覺得我真的聽見了自己的心跳聲。或者。那是血液砰砰砰奔流撞擊的聲音。總之。

　　沒多久前還在覺得，啊，家裡有個咪咪蔣真的讓我好害怕呀。見鬼了。我真是什麼也不懂。

現在這個，才是恐懼。

太久沒有聽見任何聲音了。我不禁在黑暗中大喊出聲：

Fuck！

傑克在黑暗中無聲地對自己咒罵了一句。他不知道自己為什麼連「要不要處理為什麼燈不亮」這麼簡單的問題，都要這樣想半天。他忽然覺得有問題的既不是燈管、也不是電源、電線，而是他的腦袋。

這是他的店。店名就叫「傑克的店」。有問題當然他來處理，還想什麼留給員工？留到明天？他現在又沒事！他閒得很！他這是幹嘛？他到底這樣待在這裡幹嘛？

傑克掏出手機，打開手電筒的功能。

好刺眼。

Light.

黑暗中傑克發出聲音。

然而那只是錯覺。他以為自己發出了聲音，但實際上卻沒有。或許是嘴巴太乾了的緣故。

而且剛剛看見的光點，只是啪地閃了一下，便又消失了。

雖然如此，傑克還是努力用口水稍微舔了舔口腔，試圖從喉嚨真的發出聲音。

妳有看到嗎？
Did you see ……

有我看到了。
Yes I did.

真的我看到了。黑暗中，好像有什麼在晃動。彷彿被我剛剛那一句忽然大叫的髒話給喚醒了似地。從那絕對濃密絕對飽和的絕對黑之中，有個稍微比較沒那麼濃密、飽和、絕對，稍微淺了零點零零三密度的黑，以模糊失焦、還沒足以構成形狀的形狀，緩緩浮現並且晃動著。

那並沒有使我覺得眼下困境稍微有了新的可能性，有了解脫的希望。完全相反地，只是更加深我的恐懼。

我卡在儲藏室裡。儲藏室裡怎麼會有什麼模糊的淺黑在半空中晃動？即使是行李箱也不會這樣飄起來晃動。因為我不是在沒有地心引力的外太空。我兩腳好好地粘著底下的地板。兩手摸著牆壁。我在我自己家裡的儲藏室裡。

這是我家。這裡是我的儲藏室。

不得不這樣反覆對自己強調，努力讓自己抱持鎮定，維繫寫實的力量。因為眼前那稍微淺一點的黑，正在，漸漸開始有了形狀。

與此同時，我忽然覺得我兩手摸著的牆壁，那個油漆的觸感，似乎已經不是那麼一回事了。不曉得在哪次恍神時發生的事。總之我的手掌皮膚，那個觸感，不是原本牆壁油漆的粗糙質感，而是稍微更光滑一點的表皮。

那團淺黑繼續在模糊中聚焦成形。那到底是什麼東西？不要過來！我本能地倒退，並且為了加快速度，決定轉過身以前進的方式邁步。

可惡！可惡！我已經加快速度走這麼多步，怎還沒有碰到那該死的儲藏室門啦！？

可能腦袋昏了。搞不清楚方向。哪邊是出入口哪邊是盡頭已經混淆了。

而且這樣背對著怪東西，越是往前，恐懼就更深；走得越快越害怕。總覺得那個什麼似乎隨時都要貼上我的背脊。不行。我得盯著它才行。

於是我轉過身。

模糊的那個已經不在了。果然。只是因恐懼而生的錯覺。

不要胡思亂想了。鎮定下來。我在黑暗中繼續邁步，朝剛才離開的方向往前。

看。我腦袋很清醒吧？我的身體都一一按照理性思考而行動吧？

但其實不是這樣的。其實。

我早就糊塗了。因為。老實說……

我覺得……

我好像已經這樣，轉身換方向走、又轉身換方向走，循環播放般地重複過很多次了。

終於我停下腳步。不知道是第幾次。不知已過多久。我終於真正停下腳步，站定了不再急著尋找或逃跑。我兩腿往下釘，腦液往上衝，忽然間覺得火冒三丈。

實在太生氣太生氣了。我在黑暗中怒吼：

咪！咪！蔣！！！！！！

這是我最後一次叫喚她的名字。

 •　　◆　　•　　◆　　•　　◆　　•　　◆　　•　　◆　　•

「我在這裡我在這裡！」她拼命拍著門叫喊。不知為何門打不開。「我在這裡我在這裡！」她又拍打叫喊了一陣子，然後安靜下來側耳傾聽；門的那邊沒有反應，不知道是不是聽不見她的聲音。她很慌張，不曉得該怎麼辦才好。

這時候，她發現自己的手心居然有一行電話號碼。有人用圓子筆在她手心寫下了電話號碼。難道是女人留給她的？就是為了緊急情況使用？咪咪蔣連忙跳起來衝到客廳，四處翻找，終於找到女人的手機，拿起來立刻播了那個號碼，聽著另一端的鈴鈴響聲。有人接起了電話。

「喂？」咪咪蔣抓著手機著急地呼喚。

對方沒發出聲音，但咪咪蔣可以聽見話筒另一端的環境聲響，

有音樂、模糊交雜的人語、摩托車駛過的聲音……。電話明明有接通，為什麼不講話？「喂？喂？聽得到嗎？喂？」咪咪蔣呼喚。

「聽得到。」終於一個男人發出了不確定的聲音。

「不好意思麻煩你……呃……麻煩你現在過來一下好嗎？拜託拜託！我不知道該怎麼辦才好？」

男人的口吻立刻轉變了，出現緊張感，「怎麼了？」

「就……我不知道……那個門打不開……不是我……我只是……總之可不可以麻煩你現在立刻過來一趟？拜託你！」

「妳在哪裡？」

「我在……」咪咪蔣呆了一下，「我待會傳地址給你！」咪咪蔣掛掉電話左右張望，衝到書桌上翻閱雜亂的郵件，將地址傳給了對方。

有救了。她緊緊抓著手機回到儲藏室門邊拍打，「妳還在嗎?!喂?!我在這裡！聽得見嗎?!聽得見嗎?!」然而門的另一端卻不再傳來任何叫喊與撞擊聲。

咪咪蔣靠著門蹲到地上。

對不起我不是故意的。她哭了起來。我只是一時好玩罷了。對不起。咪咪蔣縮成一團緊緊抓著那個手機。

快點來吧。那個誰，快一點。

但是傑克等了很久都沒有出現。

那則簡訊，應該附上地址的簡訊，傑克等了很久都沒有出現。

始終都沒有收到。他一直瞪著手機的螢幕，但螢幕卻只會用癡呆的表情回瞪著他，沒有任何變化。於是他用Messenger試圖回播，也打了Sarah的電話號碼。都沒有人接。

簡直莫名其妙！傑克覺得很光火。

先是碰面了，想不起他是誰；然後想起來了卻還是假裝沒有，就那樣不留情面地走了；就算他試圖挽留依然很堅定的走了。這樣的女人，剛剛卻忽然打電話來求救，發生了什麼事也講不清楚，把他嚇得心驚肉跳，逼得他立刻付帳離開餐廳、奔出巷弄、跑到大馬路、跳上計程車。但是呢？然後呢？

傑克瞪著手機。說要傳過來的地址呢？

「請問要去哪裡？」司機已經這樣問第三遍了。

「沒關係先往前開。我等一下再告訴你。」傑克也只能這樣第三遍地回答。他繼續反覆撥打女人的電話號碼。沒人接就是沒人接。傑克氣得很想搖下車窗把手機扔出去。

What the fuck is going on ?!

他當然不會知道，剛剛那通電話，是從一年前，2018年的冬天打來的。

現在是2019年的冬天，十二月。就快要2020年了。

第一個傑克坐在計程車裡，不知道自己現在該去哪裡。

第二個傑克站在原地無法動彈。時間已經不存在。

第三個傑克在傑克的店裡，藉由微弱的光線在黑暗中摸索，試

圖解決問題，但時空正在悄悄改變。

「繞回去。」車上的傑克忽然說。

　　藉由手機的手電筒功能勉強驅散黑暗，他在小小的空間裡繞來繞去，已經確認過冰箱也沒有電了，所以應該不是燈管的問題，來到總電源開關處的牆面，將總電源開關啪啪啪地試了幾次，也都沒用。一時間無計可施，看來還是得等到明天再找水電工來處理了。將冰箱裡的食物全都拿出來，在手機手電筒功能的光源中，幫自己做了一個三明治，剩下的食物和牛奶等飲料，為了怕腐壞，必須全部打包帶回家。傑克在昏暗中咬了幾口三明治，覺得有尿意，於是拿起手機走進廁所，一邊尿著，一邊順便滑了一下手機，小便完畢後，用嘴巴咬著手機，洗了手，關掉水龍頭，轉身拿擦手紙，就在這時忽然聽見外面有人呼喚：「哈……哈囉？」

　　「Yes！」傑克連忙大聲回應，嘴巴一張，手機落到地上，燈光熄滅。

　　「請問有人在嗎？」外面的人再度發出聲音。聽起來很猶豫，似乎不確定該不該問似地。

　　「Yes! Somebody's here!」傑克一面大聲回應，一面蹲下身想要撿回手機，兩手在地上摸來摸去，摸到不知被誰扔的衛生紙、摸到灰塵、摸到溼溼的不想去知道是什麼的液體、摸到黏黏的不想知道是什麼的東西……總之摸了半天就是沒有手機。

　　「喂！還在嗎？」傑克朝外面的方向喊，決定暫時放棄找手

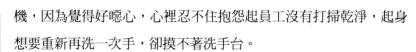

機，因為覺得好噁心，心裡忍不住抱怨起員工沒有打掃乾淨，起身想要重新再洗一次手，卻摸不著洗手台。

沒有洗手台、沒有牆壁上的鏡面、沒有馬桶、沒有擱放在角落的清洗用具、沒有垃圾桶。傑克摸來摸去地發現。

本來就只是一間很小的酒館，廁所當然也很小。現在這個小小的空間裡除了黑暗以外什麼也沒有。

What the fuck is going on?!

在伸手不見五指的黑暗中轉來轉去，傑克已經搞不清原本門的方向到底是哪邊。「你還在嗎？」傑克大喊。

沒有回應。

「有人在嗎？喂？Hollow？」

Hollow。

黑暗忽然發出了聲音。

• ✦ • ✦ • ✦ • ✦ • ✦ •

剛開始的時候我當然懷疑是我自己聽錯了。當然。因為我還一直在提醒自己，這裡只是：我、家、裡、的、儲、藏、室。而且。這、不、是、靈、異、片。絕。對。不。是。沒有。別人。只有。我。也。沒有。鬼。所。以。

……難道是我自己發出聲音，自己都沒發現？

於是我把兩手放在雙頰上，確認自己打開嘴巴，我試著發出聲音。

「哈……哈囉？」

沒錯吧？剛剛我的確發出聲音了吧？是我自己的聲音沒錯吧？

自從……嗯。也搞不清到底多久了。總之，最後一次在黑暗中發出聲音，我大吼了咪咪蔣的名字，然後原地坐下來發呆，如此不知過了多久，原本已經消失的那團稍微比較淺的黑色團塊，再度出現了；像鯨魚背脊緩緩升出深夜海面般地再度於濃墨中模糊地浮現。原本不知不覺稍微放鬆的神經，頓時又咻咻咻地一條條瞬間緊繃起來；漸漸被黑暗吞噬而癡呆的意識也因此再度覺醒。我本能地把屁股離開了地板，變成半蹲半跪的起跑姿態，兩手撐在地上，決定不下這回要不要逃跑，於是暫時緊緊盯著那個團塊。

這樣又不知過了多久。

「那個」一直存在。在黑暗中晃了一陣子，然後定住不動，接著又原地轉來轉去，有時稍微往左，有時稍微往右，有時往下，有時往上。盯著它看久了，對它的強烈恐懼感漸漸褪去，不再覺得害怕。緊繃的神經又一條一條地鬆懈，起跑勢也不知不覺恢復成坐姿。

我一直看著。反正無事可做。到後來甚至開始覺得有點親切感，盯著「那個」，腦袋自行毫無邊際地編起了故事。

「那個」是……

一個壞掉的行李箱。

但「它」其實是……

外星人遺落在地球的巨大發信器。

發信器剛剛被冒失的地球人不小心啟動了開關，於是改變形體，漂浮起來，它在尋找出口，跟我一樣。不，更精確地說，它在尋找信號能夠發出去的方向。就像電影中，不小心被關在奇怪倉庫裡的主角，舉著手機到處尋找能夠讓手機能夠接收訊號的位置。

喔。所以我的邏輯反了。那不是發信器。是信號接收器。

⋯⋯。雙向的吧?!我不禁罵自己呆。手機都是雙向邏輯。厲害的外星人當然更上一層樓。那肯定是可以⋯⋯接收與發射，連接來自不同時空緯度能量、訊號的⋯⋯的導航系統。

⋯⋯。好了。信號器又變成導航系統了。我的邏輯亂掉了。

唉管他的。都可以啦。多功能。的。⋯⋯外星人行李箱。

又繞回來了。

好罷。行李箱就行李箱。被遺落的行李箱。

主人叫喳喳。喳喳已經回家了，行李箱卻被拋棄在異鄉。喔。不。沒有拋棄。行李箱其實是很被珍愛的。於是，當外星人喳渣回到遙遠的故鄉星球，發現自己居然忘記帶行李箱回家了，頓時陷入深深的沮喪。因為是心愛的行李箱。還刻意在外觀上設計成地球風格。是好朋友吱吱特地請行李箱專賣店客製訂做給喳喳的生日禮物。因為吱吱曉得喳喳是地球迷。喳喳為了這趟地球旅行已經存錢很久了，終於存到足夠旅費，開開心心地出發，出發時，吱吱還沿著飛行跑道一邊奔跑一邊朝太空船揮別大喊：「幫佛訝舉～～！！」喳喳一手抓著行李箱，一手貼在透明牆上，看著底下吱吱搖晃身體的那副軟綿綿模樣，不禁感動地掉下眼淚。

這顆外星球也和地球一樣，有著各式各樣不同的生物種類，外觀和生理結構各不相同。吱吱和喳喳的物種名稱叫「卡西媽呀」，沒有骨骼構造，卻擁有非常強力且附有彈性的肌肉組織，身軀形狀和人類很像，但是扁很多，而且看起來軟綿綿的，像是有點潮濕的薑餅人那樣，呼吸器官就是全身的皮膚毛細孔，所以沒有鼻子。這種類薑餅人的外星生物雖然一副軟綿綿的模樣，實際上力氣卻比人類大很多。

然後不管是哪種外星生物，要以原本模樣來地球旅行當然都會是很糟糕的事。幸好地球人根本看不見他們（或者看見了也沒有能力察覺異樣），因為他們是四度空間的存在。

好了。總之，外星人喳喳揮別吱吱，橫越浩瀚的宇宙，爽爽地玩了一趟。

地球上的一切就跟旅行書內容介紹的一樣。古老、土俗、雜亂、骯髒、新鮮、有趣。

喳喳在旅途即將結束的時候，決定清空行李箱裡原有的一切，把空間全部拿來裝紀念品，裝滿滿，帶回去全部送給吱吱。

因為。其實。吱吱也是個地球迷。吱吱也一直很想來地球玩，卻始終還沒有能力存夠旅費來進行這趟，星際旅遊選項中最遙遠、最危險、最昂貴的航程：地球之旅。

無論是吱吱還是喳喳，都暗暗知曉，吱吱很可能這一輩子都沒有能力踏上地球之旅了。就算好不容易辛辛苦苦終於攢到足夠旅費，也無法通過體檢。要進行地球之旅，必須擁有非常、極度、強大的免疫力。

為什麼？還用得著解釋？因為太毒了。

是的。地球還有另一個非正式的綽號，叫毒蘋果。

啊。大家一定覺得很奇怪，地球不是藍色的嗎？跟蘋果有什麼關係？

不是。從他們的星球上看過來，以他們的視覺所能辨識界定的地球，是深紅色的。

也許那只是因為他們的光譜反射邏輯跟我們相反。或者看的顏色明明是同一個只是各有相反的名詞去叫喚。或者他們星球上被叫做蘋果的通常是藍色的。

真實究竟如何，很難判斷。無法定義。因為所謂的真實本身，就包含一種以上的悖論。

總之，一輩子都無法存夠旅費的吱吱，索性將存款拿去買了極為昂貴的客製多功能地球風行李箱，送給喳喳。

這趟旅行，是喳喳自己的心願也是好友永遠無法達成的夢想。

於是喳喳在離開地球之前，蒐集了各式各樣要送給吱吱的紀念品，總之，行李箱能裝多少就帶多少。

其中包括一瓶綠色瓶裝啤酒、一個打火機、冷凍咖啡、小說、兩種語言、一個雄性地球人、一個雌性地球人……

一場不存在的回憶。

一個已然發生的未來。

一句沒說出口的話。

一片黑暗。

一點光。

一條沒有出口也沒有盡頭的隧道。

Hollow?

就在腦袋故事自轉到此之際，我聽到了這樣的聲音。

Hollow? Seriously, what the fuck is going on?

不。那只是我腦袋裡對自己破爛故事的抱怨聲罷了。

Hollow?

我再度聽到了聲音。來自那黑色團塊。「有人在嗎？」
　應該是幻聽吧。其實是我自己不知不覺發出的聲音吧。於是為了證明這點，我很有意識地摸著自己的脖子，開口，運用我的喉嚨。
　發出聲音。

哈……哈囉？

有人在嗎？

我馬上過去。

有人在嗎？

等我一下。

你還在嗎？

請問有人在嗎？

我真的無法辨別到底是我自己在拋出聲音，還是那團黑塊發出呼喚了。我究竟是在自言自語，還是在跟我之外的存在對話？

有人在嗎？

「Hollow.」

黑暗發出聲音了。很確實地。我聽見了。

     ◆   ◆   ◆   ◆   ◆

不知道是誰正在一步跨過下一步，朝什麼也看不見的方向而去。

不知道是誰先猶豫地停下了腳步，又是誰沒有放棄地重新邁步。不知道是誰發出了聲音，誰聽見了那個呼喚。

Please.

Somebody's here……..

．　◆　．　◆　．　◆　．　◆　．　◆　．

我緩緩從地上站了起來。
黑暗正在確實地靠近。

來吧。我就在這裡。

有人在。

我在。

．　◆　．　◆　．　◆　．　◆　．　◆　．

女人從小便經常想像自己養寵物的光景。一隻貓、一隻狗、一隻小鳥或者一條金魚。她會認真地想像那個生物是什麼顏色、有著什麼樣的個性，並且幫它們預先取好名字。然而這樣的想像不知從

什麼時候開始離開了女人。隨著長大、隨著生命本身各式各樣的轉變，有一天，當女人忽然發現的時候，她已經成為一個不需要也不想要其他生物陪伴的個體了。女人完全無法想像自己養寵物，也沒有生育的渴望。女人認真覺得自己「不適合」豢養任何生物。她曾試圖養過兩次盆栽。兩次都是朋友推薦說「很健壯」、「生命力很強」、「真的很好養」、「絕對不容易死掉」的植物。但終究還是死了。一盆原本很美麗的蘭花以及一株掛在牆上的空氣鳳梨。

終究，我這個人很有問題吧。女人想。

男人這輩子沒想過自己要養任何動物、植物。但不知為何回想起來，這些年來家裡似乎經常處在有一隻貓或一條魚；一隻烏龜或三棵盆栽的狀態。沒有一次是他自己主動要來或撿來的。都是同居的室友或女友養的，有時候，當室友離開或者女友離開了，其他活物反而遺留了下來。「這魚缸我懶得搬走了，就留給你吧。」這樣，好像很大方似地，也不先問男人想不想要。「其實這隻貓我不喜歡」、「這隻狗好像比較喜歡你」、「新的房東說不准養寵物」等等各種理由都有；也有那種連解釋也沒有，彷彿那隻烏龜或小鳥本來就屬於男人般理所當然就不帶走的情形。

男人雖然從來沒想過要養，但遇到這些情況而不得不養的時候，倒也不會覺得討厭或者麻煩。曾經一起生活的貓狗都已經因為年紀太大或生病死掉了。烏龜有一天自己走丟了再也找不回來。如今家裡還有兩株盆栽和一個挺熱鬧的大魚缸。

大概，我這個人其實很適合這樣吧。男人想。

於是當男人和女人同居的時候，男人覺得很理所當然，女人卻

從一開始就認定這關係遲早會死掉。他們的知覺、判斷，都被記憶近處的經驗累積而限制，忘記更久遠以前的原生型態。男人其實原本不需要陪伴；女人其實曾經渴望擁有。

直到他們相遇。

直到他們分離。

直到他們決定他們要改變。為了生存下去而不得不做的改變。為了呼吸到空氣而不得不做的改變。而那在自主決定之下有意識的改變，才會誕生出有機的新鮮自我，才有能力以無意識的狀態去碰觸到、滋養，那更久遠以前的原生型態，並使之復活。

咪咪蔣等待了很久終於放棄等待。

儲藏室的門還是打不開，接電話說要立刻趕來的男人也沒有出現。

她在儲藏室門外的地板上縮成一團，將手機握在胸前，恍惚間睡著了又醒來、醒來了又睡著，屋內的顏色一次又一次地改變，溫度悄悄地上升，光線漸漸滲透到所有原本模糊和隱約的細節中，窗外開始傳來卡車、公車等極早便開始工作的行駛聲。終於，天光大亮。

咪咪蔣起身走進浴室上廁所，然後盯著鏡子裡的自己，覺得好陌生。為什麼會有這些瘀青？為什麼會有那些腫塊、疤痕？這真的是她的眼睛嗎？真的是她的鼻子嗎？是她的皮膚嗎？是她的臉嗎？咪咪蔣摸著自己。頭髮很黏膩，而且糾結得亂七八糟，有很多一團一團再也解不開的死結，然後她脫光了衣服低頭看著自己，覺得這

根本不像人的身體。好像怪物。於是光溜溜地走出浴室，到廚房去翻出剪刀，回到鏡子前面，將那些糾結的團塊都自頭上剪除，頭髮雖然因此變成狗啃也似地呈現不規則長短狀態，但總算是可以梳理的程度了，接著打開熱水，花了極長的時間，慢慢地把自己從頭到腳洗乾淨。

很多很多地方都有奇怪的酸痛、莫名的僵硬。所有的關節似乎都受了傷，而且其中一隻腳好像歪歪的，身上有很多新的傷和舊的疤。咪咪蔣自己都覺得有些不忍卒睹。

為什麼呀。咪咪蔣在熱水淋漓中閉上雙眼。為什麼會把自己搞成這樣呀。

她把自己清洗乾淨，然後換上女人的乾淨衣褲。將自己的髒衣服直接扔進垃圾桶。接著拿起女人的手機，叫了一份麥當勞外送。

客廳中央攤著一個雜物凌亂且爆滿的行李箱。咪咪蔣仔細將東西重新整理收納，拉上拉鍊，把行李箱推至角落暫時安放。

一旁就是她原本睡覺的地方，很髒。拉拉蔣猶豫地看了一下，毛毯拿去後陽台塞入洗衣機清洗，將瑜伽墊擦乾淨捲起，連同鎖鏈和鎖鏈的鑰匙全部塞到沙發底下。她一面進行著這些動作，一面意識到自己從來沒有在這個房子裡做過家務事。

大麥克漢堡套餐送達了。咪咪蔣從女人的皮包裡拿出鈔票付了錢，然後將食物擺到餐桌上，拿出餐具，將漢堡和薯條都放到餐盤上，可樂倒進玻璃杯。她坐在椅子上，靠著桌子，這才覺得自己比較像個人了。

慢慢地將食物一口一口咬進嘴巴，感覺味蕾所接收到的刺激。

一邊靜靜吃著，一邊環顧房子。沒有了女人，感覺很空曠，有點陌生。彷彿心臟被拔掉了似地。咪咪蔣忽然意識到：這畢竟是女人的家，不是她咪咪蔣的。

很奇怪，女人在的時候，這種感覺反而沒有如此鮮明。女人在的時候，咪咪蔣一下子就沒有任何疏離客氣地混進這空間裡，想拿什麼就拿什麼，想用什麼便用什麼，毫不客氣，當自己家，然而此刻咪咪蔣才發現那感覺是假的。她只是一個外來的依附者。

在這之前，咪咪蔣已經飄零太久，孤單太久，好幾次在寂寞中幾欲窒息而亡。每當又得轉換住處，提著一只行李箱走在路上，都覺得行李箱越來越重，而自己的身體又太輕太輕，為了前進，不得不一次又一次地停下來，換手拉行李，咬牙使力地邁步，與此同時，尋找下一個住處的位址。由於天生方向感很差，總不免走錯路、迷路。有時碰到不得不爬樓梯著時候，益發覺得世界明明很空無，自己卻似乎一直在打仗。

於是。一旦有所依附。瞬間便像沾水的蒲公英般緊緊吸附在那溫暖而潮濕的泥土上。身體不再飄零了。

於是一旦有所依附，瞬間便撤械投降；啊，和平時代來臨了，戰爭結束了呀。康啷康啷康啷。斑駁的盔甲也拆了、盾牌和刺槍都不需要了、沈重的頭盔和靴子全都直接拋棄，從此可以赤足安適，沒有自己的形體，鑲嵌流入到另一個人的生活裡，不需要再花任何一絲力氣。而且再也不寂寞。

直到那一切終結。總是會因為某種原因，和平被破壞，有人敲響戰爭的鼓。然後，咪咪蔣提起行李箱離開，重新開始她的飄零。

直到她再度尋到依附的所在。

不斷輪迴。

而這一切的重複始終沒有讓咪咪蔣覺醒，發現自己只是處在依附狀態。每一次，她都以為自己有了新家。

依附狀態是非常非常舒適的。舒適到即使差點被打死也不在乎。舒適到即使被當成狗一般地拴在角落也不在乎。

現在她坐在餐桌邊咬著漢堡，望著身邊的一切。即使女人不在了，這空間依舊到處充滿女人所殘留的生活氣息。因為。這是女人的家。

應該沒事吧？儲藏室的門總會有打開的時候吧？

吃完以後，咪咪蔣又去試圖推擠拍打那扇小門。但依舊徒勞。

咪咪蔣回想那時候聽見女人的大叫聲。

Fuck！

咪咪蔣聽見的時候還覺得很樂。她笑嘻嘻地站在門外，等待女人隨時推門而出。

然而門卻沒有打開，沒有人出來。咪咪蔣等了一陣子開始覺得無聊。好吧。換女人要嚇她了，她咪咪蔣才沒這麼容易被驚嚇呢。一面這樣哼哼哼地想著，一面伸手試探地去拉門把。

拉不動。

咪咪蔣咯咯笑了起來。女人好無聊喔，居然跟她玩起這種遊戲。

然而遊戲進行太久了，咪咪蔣終於開始覺得不對勁。門卡住了嗎？

「喂……」咪咪蔣試圖拍門，「喂……喂！喂！妳還好嗎?!門為什麼打不開了?!喂?!」她越來越覺得慌亂，對著門又踢又拉，終於聽見裡面再度、也是最後一次傳來女人的聲音，但這回感覺非常遙遠。

咪～咪～蔣～～

慌亂過去後，疲倦來襲；洗完熱水澡以後，腦袋稍微清醒了。

那很可能是自己聽錯了。女人怎麼可能對她求救。

女人只是把自己關起來了。

為什麼呢？

咪咪蔣盯著那扇儲藏室的門。然而門板當然是不會回答她的。

女人把鎖鏈的鑰匙給了咪咪蔣。那是確定的。絕對不可能是不小心遺忘留在地板上的。女人把自由還給咪咪蔣，卻把自己關進了小小的儲藏室，而地上還攤著一個雖然很亂，但已經收得差不多的行李箱。這是什麼意思？

女人用很迂迴的方式在請咪咪蔣離開啊。

這也未免太迂迴了吧?!

咪咪蔣覺得女人有病。

她決定不再理會那個儲藏室。女人要在裡面待多久都隨便。

填飽肚子以後，她繼續進行整理打掃房子的活動。這空間裡之所以會有女人的生活氣息，其實都是因為那些亂扔在書桌上的帳單、洗完了擱放在流理台沒收進櫥櫃的馬克杯、烤完吐司以後落在烤箱邊緣的麵包碎屑……諸如此類。生活氣息是這樣累積出來的，那是生活習慣的痕跡。咪咪蔣只要把那些痕跡消除掉，一切就可以

重新開始。

　　大掃除的工程進行到傍晚四點多。差不多了。咪咪蔣坐在沙發上稍事休息，並且望著角落的行李箱發呆。

　　每當鮮黃色的行李箱如此佇立的時候，總是有種準備好了的姿態。隨時都可以這樣出發的姿態。那姿態裡存在著飄零的記憶、疲倦的痕跡，也永遠包含著未知與可能性。

　　這是我的行李箱啊。咪咪蔣看著忽然想起。真的。她幾乎快要忘記自己還有這個行李箱了。

　　當初就是拉著這只行李箱來到這裡。咪咪蔣所擁有的全部，就是這只行李箱和裡面所裝載的內容。然而裡面的東西呢？都不知跑到哪裡去了。──不見消失。淘汰。用光了。壞掉了。拋棄了。最後只剩剛剛身上那套髒衣服也已經扔進垃圾桶。

　　每一次，都會在依附的過程中，刨屑也似地刮掉原本只屬於自己的東西。直到什麼也不擁有，除了一個空空的行李箱。

　　咪咪蔣想著剛剛扔進垃圾桶的最後一套屬於自己的髒衣服。

　　應該要去倒垃圾。她想著。但在那之前需要先睡個午覺。

　　起身走進臥室，躺到床上，攤直了背脊、四肢，試圖鬆開全身所有肌肉和細胞。

　　但是卻不太順利。可能身體還不習慣吧。

　　閉上雙眼，在不會太黑也不會太亮的光線中、意識中，對自己的頭、脖子、肩膀、手臂、胸腔、腰、屁股、大腿、雙足、腳趾……重複發出一道指令：

Let go.

　　她終於真正睡著了。沉沉地。輕輕地。宛如一朵盛放的花朵在湖面上漂浮般地睡著了。

　　她夢見自己還坐在沙發上，對著鮮黃色的行李箱發呆，然後終於從沙發上起身，拿了女人的皮包、護照、機票、手機，提起最後一袋垃圾，拉著行李箱出門離開這個家。

　　雖然只是個頂多三分鐘的畫面，卻是場極為漫長的夢境過程。

　　女人出門以後去了哪裡，發生了什麼事，並不在咪咪蔣這場夢的範圍之內。因為她光是為了做這場夢，單單只是從沙發上起身到打開門走出去的過程，就睡了很久很久很久。

　　醒來時，女人已置身異鄉。

　　男人也是。

　　　•　　◆　　•　　◆　　•　　◆　　•　　◆　　•　　◆　　•

　　他們總是在狹小的空間裡，緊鄰的座位上，從起飛到降落，一路小心翼翼地不要讓自己的手臂去碰觸到彼此的手臂。陌生人的手臂。他們有時會記得之前在候機室、在海關的櫃台、在隨身行李的安檢處、在排隊等待的過程中，曾經看到對方的身影。如今他們緊鄰而坐。他們隱約對彼此有好感。他們在社交規範和禮節中維持著

適度的距離，並且各自忍耐其他不顧及這些框架的乘客所帶給他們的不舒適；他們暗暗慶幸坐在身邊的陌生人不是那些人的其中一個，他們都決定用禮節來讓陌生人舒服；他們吃一樣的機上餐盒食物，蓋同樣款式的薄毯，然後在不同的時間點睡著，做不一樣的夢，繼而又在半夢半醒之際，經歷一模一樣的高空亂流與機艙晃動。

然後他們降落，醒來，置身在那個不屬於他們的地方，以陌生人的方式一前一後踏出機艙，過海關，等待轉盤送來各自的行李；在稍微拉開的距離之後，依然隱約地持續著莫名的好感，直到他們的行李來到他們面前，在拉起自己的行李箱轉身的那一刻，忘記剛剛那個陌生人的存在。

因為。終究。

他們相遇的過程都只存在於一個又一個過渡空間。

男人和女人，都只是彼此幻想的產物。

◆　•　◆　•　◆　•　◆　•　◆　•　◆　•

聲音發出來以後開始往另一個聲音移動。

哈囉？

哈囉。

這裡？

這裡。

其中一個碰到了對方的手臂，感覺到對方本能地一縮，怎麼

了？「哈囉？」一陣子，然後聽見黑暗發出聲音，離得很近，語音猶疑：「對……不好意思……等一下……」於是安靜了一下，黑暗再度發出聲音：「請……請問你是人類嗎？」

黑暗發出笑聲。

那笑聲讓黑暗放心鬆懈了，黑暗笑著解釋：「我只是需要確認一下。」

也對，在這麼詭異的狀況中，黑暗的提問其實相當實際，「我是人類。」黑暗鄭重報告，「男性，叫傑克。」

「喔。嗨。……This is so weird……」黑暗發出奇怪的聲音，「I'm Sarah.」

「Sarah. Ok.」黑暗的聲音也怪怪的，「妳是怎麼進來的？我記得我有鎖門。」

「鎖什麼門？你以為你在哪裡？」

「酒吧的廁所，或裡面，或外面，我不確定。」

黑暗發出了大笑聲。咯咯咯笑得很樂。黑暗等待了一陣子，開始覺得黑暗有點瘋癲。未免笑太久了。「哪裡好笑？」

「不好意思不好意思，我沒想到我有可能跑進別人的廁所，這裡原本是我家的儲藏室，」黑暗邊笑邊解釋著，然後稍微恢復鎮定，嘆了口氣：「This is a fucking nightmare.」

「妳家的儲藏室有什麼後門連到別的地方嗎？」黑暗依然想找個合理解釋。

「我家在七樓。」黑暗發出嘲弄的聲音，接著安靜一下，開始解釋，「我覺得我已經在這裡面待很久了。我想，這裡早就不是我

家、不是我家的儲藏室、也絕對不是什麼酒吧。我剛走過來的過程中，感覺這很像一個通道。四周摸起來不太像一般的牆壁，腳底下的地板也不太像地板，也不像土壤；好像有時有點硬、有時有點軟的殼。」

在黑暗的描述中，黑暗四處摸索著確認，剛才一路尋聲而來未曾留意，現在才察覺並且真正確認，這是一個超出黑暗理解之外的世界。

黑暗蹲在地上摸索著思考。

黑暗等待著。

黑暗發出害怕的聲音：「哈囉？」

我在這裡。

「I'm here.」

請不要消失。

「pleas don't...」黑暗猶豫了一下，「don't go too far.」

黑暗發出移動的聲音。黑暗說：「把妳的手給我。」

黑暗中黑暗碰觸到了黑暗。然後。黑暗就不再只是黑暗了。

肌膚碰到了隔著衣服的肌膚，電擊般地彈碰一下又縮開。膽小的黑暗。發出有點慌張的聲音說：「等等等等一下，你先不要動你、你不要亂摸。」黑暗發出沉沉的笑聲，黑暗有點尷尬地安靜一下，又尷尬地發出聲音：「你介不介意讓我確認一下？你不要動，我只是需要確認你有個頭、有個身體，你是個人類。」

黑暗揶揄地回應，「說不定我只是外型跟人類很像的外星人。」

「Still.」

「Be my guest.」

於是，黑暗化成了一雙手，碰觸再次發生，於是，黑暗化成了胸膛、手臂、肩膀、脖子、下巴、耳朵、頭髮、臉龐、背脊……。

那雙手像兩尾輕輕搖擺的深海小魚般，慢慢地、有點不好意思地游著。

也許畢竟不是一雙手，真的是兩尾魚。兩尾魚在黑暗表面游出了溫度，然後游開了。

等一下，黑暗連忙發出聲音，彷彿那深海魚會隨時消失不見似地，「嘿。」黑暗忽然化出另一隻手伸去抓住其中一尾魚。穩穩抓著了，黑暗才笑問：「這樣夠了嗎？不繼續往下摸摸看？」由於緊張的緣故，黑暗忍不住開起不適當的玩笑，話才出口就自己覺得懊惱了，於是又補充解釋：「說不定我沒有腳。」

「你有。我剛剛有聽到你的腳步聲。」黑暗自己對自己確認似地發出肯定的聲音，隨著那聲音中的比較放心，黑暗的小魚沒有掙脫逃離黑暗，乖乖留在手裡。

「說不定我兩隻腳不是人類的腳。」

「管他的。目前這樣就夠了。」

安靜。忽然好像有點尷尬。因為畢竟不是一尾魚，真的是一隻手。兩隻手。黑暗化成兩隻彼此陌生的手，牽在一起，然後覺得有點尷尬。

「那麼？」

「怎樣？」

「很高興遇見你。」黑暗與黑暗同時發出了聲音。

於是，男人和女人不再只是彼此幻想出來的產物。

◆　　◆　　◆　　◆　　◆

他們在狹小的空間裡，緊鄰的座位上，從起飛到降落，一路小心翼翼地不要碰觸到彼此。他們是陌生人，並且隱約對彼此有好感。他們蓋同樣款式的薄毯，然後在不同的時間點睡著。

雖然做著各自不同的夢，卻經歷一模一樣的高空亂流與機艙晃動。

然後他們降落了。男人和女人，醒來時已置身異鄉。下飛機、出海關、取行李，男人忽然決定冒險。他拉起行李加快腳步，因為女人已經先離開了。男人試圖跟上，但女人的背影搭上了即將關門的接駁車，在男人快步抵達之前，車子已然駛離。

Too late. 等太久了。

傑克只好放棄。

載著他的計程車像無頭蒼蠅般地在城市裡亂繞，已經半個多小時了，毫不抗議，傑克緊緊抓著不能再幫助他的手機，瞪著窗外，耳朵聽見跳錶的不斷加費聲，終於決定放棄，「繞回去。」他對計程車司機說。他終於認定剛才那通電話完全是在耍他。他只能這樣

認定。因為除了這個原因之外剩下唯一的可能性，就是女人發生了很糟糕的事。那太荒謬了。更何況只是見過一次面的女人關他屁事。

　　他決定讓車子回到他剛剛上車的地方。也是他曾經送女人上車離開的地方。他決定從那個地方開始讓一切結束。

　　Rewind.

　　Restart.

　　Reset.

　　Begin.

當不該連接的連接起來時就對了

黑暗中，平原彷彿沒有邊際似地。

男人和女人在移動的車內聽著音樂，沒有交談。

除了他們沒有別人，除了這輛車沒有別的車。深夜裡孵著冰冰的霧氣，淺淺的白睡在黑暗中，視線所及無論是哪個方向，只要夠遠就等於什麼也沒有，唯有公路兩旁的乾草上那些零星的薄霜，隨著滑過的車燈偶爾浮現又迅速滑落黑暗。

由於音樂很好聽，所以。

同樣的場景可以置入熱戀中，一切都因震動的細胞而微醺。安靜是因為醉著。

也可以發生在交往很久以後，沉默來自平安且熟悉。

或者即將分離，不說話，唯恐語言將使切割的疼痛更鮮明。

這是哪一個故事？男人和女人必須做出選擇。

在清晨降臨之前，黑色轎車駛入一家速食餐廳外的停車場。

落坐在荒原上的速食餐廳總是卡車司機們的歸宿之一，即使只是暫時停留，但那份令人放鬆的安心感卻是無可比擬的。正因為暫時，所以安心。有時候，「暫時」本身是必要的。

女人方才已經睡睡醒醒好幾回了，由於駕車許久而疲倦的男

人，在停好車後，拉平了駕駛座椅暫時睡覺休息，女人則下了車走進速食店內，撿了靠窗看得到男人的位置坐下，跟服務生點了熱咖啡和一份炸魚塔可。時間是凌晨四點四十五分，店裡的客人除了她以外，只有坐在吧台邊的卡車司機。可能是因為這樣的緣故，那司機在跟店員閒聊一陣子後，晃到她面前坐了下來，「So. What's your story?」一副準備開始採訪的樣子。

她端詳著面前的陌生人。深藍色棒球帽底下，有張佈滿落腮鬍的臉；身上穿著因長年洗滌而微微泛白的老舊紅色格紋襯衫，自然磨損所裂出破口的牛仔褲。這也未免太典型了吧？女人想著。她看著對方手中的酒瓶說道：「你不該喝酒開車。」

「妳不該半夜一個人在這裡。」對方回擊。

「我不是一個人。」她說。

「我沒開車。」對方聳肩。

「對，你走路來的，好腿力。」

對方笑了，「對，妳打算找陌生人搭便車，好勇氣。」那張鬍子臉稍微靠近了一些，眼睛閃光地說，「說真的，電影裡面演得都是假的，沒那麼多人肯在公路上隨便就讓人招車搭。就算是個看起來很安全的女人也一樣。誰知道妳箱子裡裝了什麼麻煩玩意兒？」

什麼箱子？她這才注意到自己身旁那個鮮黃色行李箱。什麼時候把箱子從車後座拿下來的？剛剛下車以後嗎？為什麼完全沒印象？

怪不得會很醒目。怪不得以為她要找人搭便車。女人懂了，重新觀察對面的大鬍子，評斷著對方是否可靠。大鬍子儼然有意載她

一程。

　　但是。

　　「我還沒決定。」這是真的。她還沒決定。雖然下意識連行李箱都一起拿下來了，但她還沒決定。

　　「決定什麼？」大鬍子問。

　　女人看向窗外。大鬍子也跟著一起看過去。

　　「決定什麼？」大鬍子又問了一次。

　　女人沒有回答，她帶著奇怪的表情忽然起身離座，「喂，怎麼了？」大鬍子莫名其妙地看著女人推開玻璃門走出店外，不禁也好奇地跟了出去。女人夢遊似地慢慢踱步在空曠的停車場內，然後停駐發呆。

　　這裡只剩下一台大卡車、一台白色老舊廂型車。至於她剛剛搭來的那台黑色轎車，有個男人在裡面睡覺的那台黑色轎車，已經消失無蹤了。

　　所以，分手了嗎？女人想著。

　　是誰先決定的呢？這個分手？現在這樣，算是誰先拋棄了誰？

　　「怎麼了？」大鬍子站到女人身邊。

　　「他走了。」女人無視胸口撕裂般的劇痛，露出自嘲地燦爛笑容。

　　「前男友？」

　　女人呆了一下，「對啊，前男友。」她確認般地重複，又即刻搖頭，「不對。是現任男友。我們沒有分手。」

　　「拜託。」大鬍子露出不以為然的表情，「那妳把行李箱拿下

車是什麼意思？」

女人想了一下，因為自己也不是十分明白，她一面吐出語言一面試著靠這樣來思考，「那只是預備拍。」女人說，「預備拍就是還沒有做最後決定。只是一種可能性，只是這樣而已。」

「在我看來清楚得很。」大鬍子縮起了脖子。兩人的外套都放在店內，清晨時分的薄霜正因即將溶解而散發寒氣，「這裡太冷了，進去吧。」

但女人看起來一點也不冷的樣子。

女人確實不覺得冷。她在大鬍子的提醒下才意識到，自己對此刻的低溫完全沒有感覺。

她轉身快步走進店內，大鬍子也跟了進去，兩人回到女人的靠窗座位，大鬍子坐了下來，女人卻沒有，她背起肩包，一手抓了羽絨外套一手拉起行李箱，到櫃台去付帳。「但妳都還沒吃呀。」店員驚訝地說，「妳等一下，我幫妳打包外帶。」然而女人卻像是沒聽見似地，付了錢就推開玻璃門走出去了，她穿過停車場，來到停車場和公路交界處的邊緣，停下腳步，面朝公路對岸黑漆漆的平原，似乎完全忘記手臂上掛著一件外套似地沒打算要穿起來。單薄的身影和醒目的鮮黃色行李箱，佇立空曠大地上。

大鬍子在速食店裡瞧著那過程、那景象，心想：這也未免太悽慘了吧。

「發生了什麼事？」店員有了八卦的趣味，大鬍子先前的興致反倒全沒了，他搖搖頭，無趣地喝著自己啤酒，抓抓脖子又打了哈欠。

雖然感覺好像很麻煩，實在很懶得管，但還是忍不住一直看著外面的女人。

「她的食物呢？」大鬍子問店員，「給我。」拿到食物的時候還推回去說：「拜託，再重新熱一下吧，咖啡也換熱的吧。」「好啦。」店員轉身重新炸過食物，添了新咖啡，裝入紙盒、紙袋、紙杯。過程中口裡碎碎叨唸了什麼，大鬍子一個字也沒聽進去。待食物重新包裝完畢後，他穿上外套，捧著紙袋和飲料走了出去，來到女人身邊。

「妳的咖啡。」大鬍子遞上有點燙手的紙杯。

「喔。謝謝。」女人很理所當然地接過，兩手捧著暫時沒喝，感覺掌心的熱度，十指尖端彷彿正漸漸被融化似地。

「妳的食物。」大鬍子又遞上紙袋。

女人搖搖頭，這回卻沒打算伸手接過。

「最好趁熱吃。」大鬍子將紙袋擱放在鮮黃色行李箱上頭，從紙袋內取出了紙盒，捧在手裡打開來，逕自對食物開動。女人恍若不見。大鬍子一面吃著一面問：「妳真的覺得他會回來？」

「他會回來的。」女人說。

「我想不會。」

「會的。他會回來的。」

「妳還滿幸運的，這家店最好吃的就是魚塔可。喔，妳不介意吧？」大鬍子忽然想起似地象徵性問一下，但也沒打算等女人回應，繼續將塔可一片片沾醬料塞進嘴裡。

女人漸漸意識到空氣中有炸魚的香氣。那和眼前寬闊黑暗的景

象好不協調。「我知道你在幹嘛。」女人說。

「我在幹嘛?」

「沒用的。」女人說,「他會回來的。」

「好啊。我只是在吃塔可而已。」大鬍子一手端著紙盒,另一手自擱放在行李箱上的紙袋內掏出紙巾擦擦手、抹抹嘴,揉成一團,用力朝公路對岸扔去,白色小花球凌空劃出一道漂亮有力的拋物線,遠遠落入昏暗的草地上。「yes!」大鬍子握拳發出小聲慶賀,接著那隻手轉向女人面前要拿走女人手中的咖啡。女人下意識地移開她的咖啡。她終於看向了大鬍子,臉上有了表情。

「你幹嘛?」女人有點驚訝地說。

大鬍子也露出有點驚訝的表情,「我要喝咖啡啊。」

「可是……」

「怎麼了?」

「這是……我……」不知道為什麼,女人雖然想要抗議又覺得很心虛,但明明沒必要心虛呀,這是她的咖啡!

然而面對那繼續拿出下一片塔可塞進嘴巴裡的大鬍子,女人不知為何就是講不出完整字句,只能欲言又止地瞪著對方那理所當然的模樣,開始覺得生氣。

「喔,」大鬍子故意露出恍然大悟的表情,「要我分妳吃嗎?」說著將炸魚塔可遞到女人面前。

「我知道你在幹嘛,沒用的。」女人瞪著大鬍子,一邊說一邊伸手捏起一片塔可塞進嘴裡。

「我只是想喝咖啡。」大鬍子露出無辜的表情。

女人咬著食物看向平原。

「咖啡，最好趁熱喝。」大鬍子繼續嘮叨。

女人瞄了瞄大鬍子，沒好氣地打開封口，遞給大鬍子，並且就在大鬍子伸手要接過紙杯的時候又縮回手臂，自己啜飲起手中咖啡。她嘴角不自覺地露出一小抹暗地的微笑，卻不知大鬍子也是。

天氣冷，咖啡果然涼得很快。

「所以，他會回來？」大鬍子說。

「是的。」

「然後妳會上他的車，你們就不會分手了。」

「……。」

「對吧？他要是回來的話就表示他反悔了。妳既然在這等也表示妳也重新決定了。」

「……。」

「對吧？」

「……。」

「拜託～～！」大鬍子不禁喊，「妳沒有答案嗎？先搞清楚自己到底要怎樣吧小姐！」大鬍子一邊喊著一邊取走了女人手中的咖啡，喝。

「我要怎麼樣跟他要怎麼樣是兩回事！」女人稍微提高了音量，「對，彼此會有關連，也許是原因或者是結果，但畢竟是兩回事。所以分手才應該要兩個人一起共同決定！」女人意識到自己逐漸升起的火氣，稍微停頓了一下，恢復平靜的口吻，「他要是回來就表示他不是個半夜把女人丟在荒郊野外的人渣。只是這樣而

已。」

　　但是大鬍子忽然覺得非常不耐煩，「好！好。所以什麼都還沒決定。但是沒關係，反正他一定會回來。為什麼？沒有為什麼。因為妳認定。很好。所以他把車子開走也只是一種測試；什麼？只不過吃個宵夜，居然連行李箱都帶走了。好啊誰怕誰？呼咻！車子開走。這下子嚇到了吧？後悔了吧？學到教訓吧？呼咻！車子開回來。看吧？果然乖乖地在這邊等我回來吧？諒妳大半夜的荒郊野外也沒其他方式能離開。天氣這麼冷還故意不穿外套，讓我看見妳這可憐兮兮的模樣，好吧好吧，很可憐，讓妳上車，這次就原諒妳了，以後不要再跟我開這種他媽的玩笑。呼咻！車子重新上路。好像什麼都沒發生過。」

　　大鬍子一口氣劈哩啪啦說了一堆，結束完畢了，才意識到女人已經吃起他手上的炸魚塔可。

　　「好個混帳。」女人一邊咬著塔可一邊說。

　　「妳也是。」大鬍子又喝了口咖啡，將紙杯遞回給女人。

　　「So,」女人問，「What's your story？」

　　那麼，你的故事是什麼？

　　Well.

　　「我單身。」大鬍子回答。女人笑了。

　　他們就這樣站在公路邊，一起輪流喝光了那杯咖啡，一起將塔可一片又一片地吃光了，接著又將炸魚也分吃精光。

　　草原的顏色正在改變。

我們沒有能力、或許也不需要知道，究竟是哪個故事先發生、哪個世界在影響哪個世界。

總之黑暗有了名字。叫傑克。

傑克在黑暗中與黑暗同行。

他手裡輕輕握著那一尾深海小魚，聽著除了自己以外的腳步聲，與黑暗漫無邊際地閒談。不知道是不是因為逐漸放鬆的緣故，黑暗的聲音聽起來很輕，語調很溫馴。傑克感覺到一種被託付與信賴，他因此而不再覺得茫然，並且，彷彿撿拾了某種被世界所遺漏，只屬於他一個人的東西似地。

累了的時候，他便握著小魚席地而坐。他可以感覺到身旁的黑暗有體溫，手裡的小魚原本冰冰的，現在已經變得很溫暖了。

他記得先睡著的是黑暗。黑暗說她前幾天晚上睡很少。他記得身邊傳來窸窸窣窣的聲音，黑暗可以無邊無際無限大，但也可以很具體，很有限。黑暗濃縮成一個柔軟的身體，窩在他腳邊，安靜了一下下又發出聲音，「晚安。」

傑克微笑。他不知不覺也溫柔了起來。

「晚安。」

清晨逐漸降臨。

女人因為食物而終於覺得溫暖，因為溫暖而終於感到了寒意。她終於穿上外套。

那台車子不會再開回來了。站在黑暗結束前的兩個人都知道。

　　「如果他真的回來的話，」雖然明明知道，大鬍子卻這麼說，「如果他真的回來的話，妳就不可以再提分手。要不然會變成一個很糟糕的故事。」

　　「如果他真的回來的話……」女人喃喃地說。

　　「我可以載妳一程。」大鬍子又忽然改口，「我不是壞人。」

　　「搞不好我是。」

　　「沒關係。把妳的手機給我。」

　　「幹嘛？」

　　「拿來。」

　　女人笑笑地從外套口袋掏出手機，大鬍子接過去，打開相機功能，自拍了一張，然後掏出自己的皮夾，取出身分證，拍下姓名和照片的部分，這才將手機還給女人。

　　「等一下妳就上推特或臉書，貼出我的照片，然後宣佈說：「我要搭上這個陌生人的車子了，要是我發生了什麼事，請找他算帳。」

　　「去哪找？」

　　大鬍子收起證件和皮夾，自胸前口袋掏出一支筆，抓起女人的手，在她手心寫下一串電話號碼。

　　女人凝視著自己的手心。

　　「我該上路了。」大鬍子說，「要的話，我就載妳一程。」

　　女人抬頭看向大鬍子，「去哪？」

　　大鬍子安靜了一下，轉頭看向逐漸清晰的平原，「任何地

方。」他說。

分離的過程可以有千百萬次，相遇卻是唯一。

　　◆　　　◆　　　◆　　　◆　　　◆　　　◆

　　在黑暗中繼續往前的過程中，原本筆直的甬道逐漸變得蜿蜒，並且開始出現許多分叉。或許每一條叉路都引往不同的方向與出口，或許不管怎麼轉彎旋繞都只有一個出口；無論如何，我們並沒有任何判斷的依據。剛開始的時候還會猶豫、判斷、猜測，到後來明白所有的思考都是徒勞，於是索性就不管了隨意往前。

　　然而那彷彿漫遊似地行走，看似不經選擇的每一次左轉或右彎，當然，終究，也還是我們自己的選擇。

　　畢竟，並沒有什麼尖刺或步槍在後面逼著我們繼續。每一步，都還是我們自主的移動。

　　除了方向開始產生分歧，連高度也是。狹窄的甬道逐漸有了不同的坡度，有時候往上、有時往下，很奇怪，經過一段時間以後，兩人都不再覺得肚子餓或口渴。明明沒洗澡，大量地在走路，卻也沒有流汗，沒發臭。可能是因為這樣的緣故，兩個人連大小便的需求都沒有。

　　變成精靈了大概。

　　有一段時間，我們彷彿聽見城市的聲響。來自上頭。甚至可以隱約感覺到地殼上面車流穿越所造成的振動。於是我們猜測，我們

在地底，這裡是某種下水道。

後來那些聲音和振動隨著我們繼續往前又消失了。

又不知過了多久，聲音從隔壁傳來。雖然非常隱約。有時在左邊、有時在右邊，有時左右兩邊都有。

於是下水道的解釋被推翻。我們不知道自己在哪裡。覺得兩人彷彿是被夾在某種大型城牆的牆壁裡似地。

聲音與振動就這樣反覆地出現又消失。忽進忽遠。到後來甚至發生從腳底傳上來的情形。

傑克只好說：「也許我們其實在天堂。」然後我們都大笑了起來。

那些聲音與振動很快就成為我們每一次遇見叉路時的選擇依據。

也許過了好幾個小時，也許已經過了很多天，沒有手錶、沒有手機、沒有光，兩人逐漸失去時間感。

不記得是第幾次睡著但朦朧醒來的時候，傑克把我整個人環抱進他懷中，他的呼吸貼上了我的頸項。好濃稠好濃稠。兩個人的呼吸和體溫加在一起。什麼也看不見，但嘴唇總能一次又一次地找到彼此。舌頭與舌頭纏繞著探索著品嚐著吸收著發散著。我們什麼都沒有，只除了身上的衣服，一件又一件地褪去之後，徹底只剩下自己的存在、對方的存在、純粹肉體的存在，赤裸的肌膚每一吋都在震顫，發熱，在所有互相接觸摩擦的過程中不斷閃出觸電般的細微聲響。超越視覺。純粹肉體的存在終於成為無關肉體的存在。北半球跟南半球的交會、寒流與暖流的撞擊、天堂和地獄的融合。每一

個瞬間都在誕生出無盡的空間、消蝕原有的存在。

「任何地方」

✦　•　✦　•　✦　•　✦　•　✦　•

女人忽然感到呼吸困難。

Déjà vu.

在這世界上，至今尚未出現關於Déjà vu的統一解釋和科學驗證。中文裡將其翻譯為「既視感」，然而這個名詞本身也是不精確的。因為Déjà vu所包含的絕對不僅視覺。有時候是聽覺勝於視覺。有時後是畫面，有時候是語言。但更多的，是無法名狀的感覺。

曾經有一艘船……在某個故事的尾聲……
不對。那是另一個時空的虛構。大鬍子不開船。雖然如此。
女人還是瞬間被Déjà vu襲擊。
與此同時，一段戀情結束的確實感，忽然因此有了分量，她的胸腔再度被劇痛穿刺。
而陌生人所給予的大方和溫暖卻猶如幽谷微光般地環繞了她。
由於太過強烈和複雜，結果女人呈現出恍惚的狀態。
大鬍子也覺得哪裡怪怪的。好像有什麼部分曾經發生過似地。

加上女人臉上的表情，他忽然覺得有點尷尬和慌張。抓抓耳朵彷彿要解釋地又說：「我可以載妳到我原定車程範圍內的任何地方。想來的話就來吧。」說罷轉身邁開大步開始往自己車子的方向走。

他覺得女人好像快要哭了。他不想看到女人哭。

但他一邊走還是忍不住回頭望了一眼。女人兀自沒動。不是僵硬，也不再呆滯，而是一種同時處於暫時與永恆的時間之外的狀態。那身影在清晨的淺陽中看來好似一朵鮮花。

他繼續走。身後沒有傳來行李廂滾過路面的輪子聲響。

女人轉身看向他。大鬍子沒有發現。

咦？原來不是卡車司機？女人有點驚訝地看著大鬍子的背影走向另外那台白色廂行車。那背影看起來很高大，而且有點熟悉。然而只是錯覺而已。這畢竟是個陌生人。

我們是陌生人。女人重新看向平原。

在清晨中離開的男人是陌生人。在深夜裡離開的男人也是。

Good Bye。

．　◆　．　◆　．　◆　．　◆　．　◆　．

Jack！我在黑暗中對傑克大喊：Let go！

砂石紛飛。

No！

傑克大吼。Don't you let go！！

平原忽然揚起了大風。

天空的大片雲塊被紛紛推湧，大地被刮走了最後一絲清晨薄霧，一切景物都清晰了。女人的長髮在大風中披散飛揚。大鬍子微微瞇起了雙眼。

上車之後，他暫時不動，看著不遠處依然佇立的女人。

他想像跟這樣的女人交往不知會是什麼樣的光景。他想像女人平常生活的樣態。

來吧。他盯著女人不動的身影。看著看著，恍惚間那身影彷彿不是因為初陽而沾光，而是因為她本身的存在所以大地開始散發光芒似地。

來吧。不覺得好奇嗎？結束那個糟糕的故事，來創造新的故事吧。

來吧。會是個有意思的故事的。大鬍子盯著。

然而女人終究沒有動。

他嘆了口氣，發動引擎，將車子緩緩朝出口駛去。

然後他看見女人稍微轉身。他的心跳瞬間加快。他覺得這一切真是太妙了。這份心跳。

他肯定把車子開得很慢。慢到那意圖明顯得誇張。因為女人臉上出現了笑容。

車子在出口暫停。女人邁開了腳步。他的心跳隨著那每一步的

靠近更強大。

　　也才十步距離罷了。他默數著，自己都笑了出來。

　　女人開門坐進車內。

　　大鬍子錯愕地笑問：「妳的行李箱呢？」

　　「喔對。」女人重新打開車門，大鬍子也開了車門，「我來吧。」正要下車，女人的手卻忽然按住他的手臂：「等一下。」

　　等一下。女人看向外面的行李箱。

　　「沒關係。留著吧。」女人說。

　　大鬍子呆了一下，「整個行李箱？」

　　「是的。」

　　「妳不要了？」

　　「我不要了。」女人關上她那邊的車門。砰。看向大鬍子，微笑。寧靜而清澈的眼神，溫柔且新生般的微笑。

　　大鬍子覺得自己簡直就像路邊撿來天使似地。雖然很可能是魔鬼。

　　「妳確定？」他忽然猶豫了起來。這女人有點瘋。理智在提醒著他。你確定？

　　「是的。我們走吧！」女人吸口氣看向前方。

　　就這樣吧。我什麼都不要了。女人心想。

　　大鬍子砰地關上車門，踩下油門。

　　•　　◆　　•　　◆　　•　　◆　　•　　◆　　•

世界好像忽然完全改變了。這個世界，跟之前的世界，已經不是同一個了。

在盡情做愛並且酣睡醒來之後，一切都已然不同。可能是因為所有感知的敏銳度都比之前提高很多，連帶黑暗本身都變成另一種黑暗。甬道的牆壁和腳底下的質地都似乎會呼吸了似地微微發散著隱約起伏。

兩人的精神都格外亢奮，因為眼前立刻出現了很重要的挑戰。

衣服在哪裡？

反覆做愛與睡著的時候真的沒管那麼多。衣服可能被我們踢來踢去，推來推去，總之。

光是關於「真的有必要把衣服穿回來嗎」這個問題我們就討論了好一陣子。不過那純粹是因為好玩。鬥嘴耍樂的。除非我們放棄了走出去的希望，否則衣服當然還是要穿回來。

一面討論著「人類為什麼要穿衣服」這個課題，一面共同趴在地上四下摸索著尋找。這時候我們已經對於彼此的存在很有安全感了。並不會因為稍微沒牽手或碰不到彼此就害怕對方忽然消失。花了一段時間，找回傑克的休閒長褲、T恤、連帽夾克、我的牛仔褲、細肩帶上衣、毛線衣、傑克的內褲、我的胸罩。

接著又針對我到底還要不要穿胸罩這件事耍了一陣子嘴皮。

胸罩當然是沒必要的，有穿上衣就已經很夠意思了。我把胸罩扔進黑暗中當作是我送給它的紀念品。

只剩下我的內褲還沒有找回來。

跪趴在地上繼續摸索著，忽然摸到傑克的腳，意識到他已經放

棄搜尋，整個人靠在牆壁上休息，我不禁抗議了起來。喂。

「算了啦，反正不穿內褲也不會怎樣。妳不是已經放棄胸罩了嗎？」

「胸罩跟內褲是不一樣的功能，」我很堅持，「胸罩純粹是為了美觀和所謂的文明機制而誕生；更確切地說，是在父系社會下以男性為主導的意識所誕生出來的文明產物。歸根究底，根本是附加的無用的東西。但內褲有實際的衛生作用！就算那個衛生作用在這個不需要洗澡地方已經沒差了，也還是有保護功能，要不然一直摩擦很不舒服，牛仔褲的質料很粗，我寧可不穿牛仔褲只穿內褲！」

「好啦好啦好啦。」傑克投降，我感覺到他移動身體重新加入摸索尋找的作業。

「我知道我們可以怎麼判斷時間了。」傑克一邊找一邊忽然欣喜地說，「等妳月經來的時候！」

「我的天……」我還沒想到這環節。而且我有經痛的毛病。

我們擁有的已經如此有限，我們所需要的已經這麼少這麼少了，卻還是因為雌雄不同而有不同的基本需要。

現實的分量在這過程中漸漸恢復。兩人都因此有了我們依然在地球上，並沒有被彈到怪異銀河去的感覺。

但那卻很短暫。

很快地便有人想起，我們不會口渴、不會飢餓、不需要排泄，身體機能已經超出我們的理解範圍了，誰知道我還會不會有月經？

「也許我已經不算是女人，你也不算是男人。」

「也許我們兩個畢竟不是人類。」傑克只好這麼說。我們又大

笑了起來。

　　找到內褲了。

　　重新出發。

　　行走，休息，做愛，睡著，行走，選擇，轉彎，聆聽，對話，感覺，判斷，對話，行走，休息，睡覺，做愛，睡覺、做愛、做愛、做愛……

　　像是越燒越旺的火焰的般。熱度升高，範圍變大，我們除了視覺以外的感官都被強烈的放大、被那火焰所吸引，但燃料卻在無人警覺的狀態中逐漸變少了。

　　隨意攤躺在黑暗中的時間越來越久。

　　「也許我們已經不再需要往前。」終於有人說。

　　「也許沒有所謂的往前，一切都只是在原地打轉罷了。」另一個人附和。

　　「也許這樣就足夠了。」這是誰說的？

　　安靜。

　　「是嗎？」是誰發出了質疑？

　　安靜。

　　No.

　　我們同時發出了聲音。

　　光是這樣是不夠的。

一個人起身拉起了另一個，已不知是第幾次的出發。每一次出發都是繼續。每一個繼續都像重新。

　　我們沒有放棄。誰也，絕對，不說出那一句：

　　出口很可能不存在。

　　　·　✦　·　✦　·　✦　·　✦　·　✦　·

　　男人在車門關上的那一瞬間睜眼醒來。

　　砰。身旁有個人關上車門並且立刻大喊：「開車！」

　　躺在車內前座的男人瞠目結舌地瞪著對方：狗啃也似地短髮，凌亂不整的睡衣，細細的眼睛，白白的臉，嘴角還有乾掉的口水痕跡。「什麼？」男人懷疑自己還沒醒，但那張臉發出聲音又喊：「開車！」接著一隻手橫過他面前便要去轉動車鑰匙。「等一下！」男人連忙自躺椅上彈起身體，抓住對方的手，「搞錯車子了！妳這瘋婆子！」但瘋婆子伸出另一隻手又要去轉動車鑰匙，繼續著急大叫：「開車！拜託你開車！」

　　啪！車外傳來槍聲。這下子男人真正嚇到了。「開車～～！！！！！」瘋婆子尖銳的叫聲撞滿整個車內空間，在那股威勢中男人迅速轉動了鑰匙，鬆開手煞車，踩下引擎，外面一輛機車刷地滑到旁邊，上面有兩個騎士，兩人皆戴著大頂全罩安全帽蓋住臉面，後座的那個朝他們筆直地舉起一隻手臂。與此同時，男人已經迅速倒車、迴轉，根本沒等大腦判斷或眼睛看清狀況，男人踩了油

門就往外呼嘯而去。

機車也自後緊追跟上。

「發生了什麼事?!」男人一邊加速行駛一邊大吼：「他們是誰?!妳是誰?!What the fuck is going on?!」但瘋婆子卻暫時沒有能力做任何解釋，只能在恐懼中回吼：「Just keep going! Don't stop!」

男人繼續拼命踩油門，不斷加速，很快就被這莫名其妙的狀況弄得怒氣沖沖。

關我什麼事?!我到底為什麼要逃?!

但心裡這個聲音卻一再被旁邊另一個更大的聲音壓過。

繼續往前！不要停！

黑色轎車在筆直的公路上像顆子彈般地衝向看不見盡頭的前方。

·　◆　·　◆　·　◆　·　◆　·　◆　·

絕望悄悄滋生，滲透在空氣中。

在所有能說的都說完之後，兩個人還剩什麼？

絕望正在與黑暗合體。

終於兩個人都停下了腳步。

「妳有感覺到嗎？」傑克忽然發出聲音。

感覺到了。我說：「是地震。」

·　◆　·　◆　·　◆　·　◆　·　◆　·

Stop！男人忽然大吼。

因為瘋婆子一直在旁邊發瘋重複同一句Don't stop、don't stop……

「Stop！」男人大吼。後視鏡已經看不到機車了。被他甩開一段相當距離了。男人一邊判斷一邊將車子滑向路邊緊急煞車。尖銳的聲響劃破眼前的一切。

感覺像是這樣。

在那聲音穿刺的同時，男人才猛然驚覺沒有人記得要繫安全帶。他在踩下煞車的時候身體本能地緊握方向盤，並且藉著腳底往下的支撐而挺住上身的重心，但身旁的瘋婆子卻毫無預警，就那樣彈也似地一頭朝面前玻璃撞了上去。

乒！

乒嘟乒嘟乒嘟。

半夢半醒的男人忽然驚醒，意識到飛機正在高空中經歷強大的亂流，所有乘客都在空服人員的提醒下，紛紛拉挺座椅靠背，但他身旁的女人卻睡得好像死掉一般。

「小姐？小姐？」空服員很有禮貌地輕拍著女人，女人居然還是動也不動。機艙搖晃得非常厲害，空服員自己都有點站不穩了，但臉上還是維持著耐心的表情，男人看了很不忍，終於打破禮貌規範，逕自伸手將女人的座椅拉直，空服員感激地朝他一笑，確認女人毯子下面的身體有好好繫著安全帶，這才快步走回她自己的位置

上。

　　男人並不是第一次搭飛機，也不是第一次遇見高空亂流。

　　但卻從來沒碰過這麼激烈的。前後都傳來了小孩子哇哇哇的大哭聲，頭頂上方的置物廂內不斷傳出物體相撞的聲響，還有置物廂被彈開了，小件行李和包包夸啦夸啦散落下來砸到乘客的頭，空服員們慌張地踩著左搖右晃的腳步前後處理。男人忽然開始想：

　　如果一切就這樣結束的話？

　　可以感覺到機艙內逐漸升高的恐懼，那恐懼在氧氣罩們如花朵般自所有人面前彈出來的瞬間爆炸開來。

　　還沒到需要使用氧氣罩的時候，男人判斷，並且開始考慮要不要寫遺書。

　　他正在經歷此生最強烈的高空亂流，但身旁的女人還是睡得跟死了一般。

　　男人開始懷疑。

　　不會是真的死了吧？

　　女人的身體向前趴垂在置物廂上，滿頭是血，車窗玻璃被撞出一個小口和蜘蛛網般的裂痕，上面也沾了血跡。男人瞪著這樣的景象，無數的選擇奔過他的腦海。他該怎麼做他該怎麼做他該怎麼做？

　　男人恐懼地伸出手，想要探女人鼻息，但這樣一來就得先將女人的身體往後拉開才能碰得到臉，或者去摸女人的脈膊？但是男人

不敢，深怕自己隨便一點小動作都會改變一切。比方原本快要斷但還沒斷掉的什麼會被他弄斷。

男人決定先打電話求救。他快速地搜遍身上每個口袋，卻找不到手機，彎腰在腳底下摸來摸去也沒有，於是開門下了車，用另一種身體姿態彎腰將上半身探進車內，兩手摸索著前座椅底部各處，耳邊傳來機車的引擎聲由遠而近，但是男人沒空理會，他終於找到手機了，這才直起身轉頭看去，果然是之前那輛機車，就看車上兩人正跳下車奔將而來，男人連忙對他們喊：「我打電話求救！」他低頭撥號，耳邊聽見兩個聲音同時吼著，「等救護車來就太晚了！」「滾開！」他整個人被用力推開，跌坐在地，兩位機車騎士則一前一後地坐進了他的車內，「她還活著嗎?!」「我不知道！先幫她止血！」前後車門砰砰地各自關上，引擎發動。

摔坐在地上的男人瞪著自己的車子。黑色轎車畫出個半圈，朝著他剛剛駛來的方向，在筆直的公路上再度像顆子彈似地衝了出去，很快就變成一個小點，然後消失不見。

手機傳來電話撥通之後另一端的詢問聲音。男人關掉了電話。他坐在原地沒動，看了看旁邊那輛沒有被好好停放而倒在地上的機車。

剛才那兩個人打算救瘋婆子嗎？瘋婆子不是因為他們而逃跑嗎？瘋婆子究竟為什麼逃跑？之前的槍聲是怎麼回事？那真的是槍聲嗎？如果不是的話是什麼？到底是怎麼一回事？死掉了嗎？活著嗎？

男人腦袋混亂地呆坐原地，看向一望無際的平原。顏色正在改

變。清晨正在降臨。

　　有個女人還在速食店吃東西啊。男人想著。對吧？他記得在停車場的時候，女人說要下車去吃東西。

　　之前實在太累了。說真的，他平常很少熬夜，這樣徹夜駕車，到後來已經開始有點打瞌睡，所以一把車子停好，拉平了椅背躺下之後，整個人便立刻像沉入游泳池的石頭般陷入深深的睡眠。他記得那時候大約快五點，現在拿起手機看一下時間，也還不到五點半。剛剛車子大概開了十幾分鐘，這樣推算回去，很可能他根本沒睡多久，也許不到十分鐘，但因為實在睡得太沉，就覺得好像睡了很久。

　　手機、證件、皮夾，都在身上。男人確認了一下，稍微安心，然後再度看向旁邊的機車。他這輩子除了腳踏車以外沒駕駛過其他兩輪交通工具。

　　應該不難吧？男人考慮著。

　　要是發現他車子不見，女人應該會嚇壞吧？會以為他就這樣拋棄了她吧？

　　短髮狗啃也的瘋婆子還活著吧？會沒事吧？

　　男人不知道自己比較擔心哪一個。感覺了一陣子，發現自己腦袋裡迴盪著一個聲音。

Please please please be alive.

　　女人終於醒了。對嘛。畢竟只是睡著。機艙內的男人嘲笑自己

莫名的擔憂。女人意識到男人關切的眼神和此刻狀態，對男人不好意思地微微一笑，不約而同地，兩人正打算對彼此開口，機艙卻猛然傾斜，更多置物廂被彈開，行李、包裹、雜物劈哩啪啦地四散飛撞，男人看到女人的頭被一個斜滾而來十吋行李箱瞬間打歪，接下來他便眼前一黑，也不知是什麼東西遮住了他的臉。

結果還是等太久了。

故事沒了。但故事根本還沒開始呀。五分鐘也好，好歹有個開始才能結束吧。男人和女人想著。

Reset.

Restart.

Begin.

• ✦ • ✦ • ✦ • ✦ • ✦ •

先是整個空間都開始微微地震動，緊接著變成一陣又一陣的上下左右的晃動。

我們聽見夸啦啦、夸啦啦的聲音，腳下所踩的地板、或是地殼，anyway，那用來對抗地心引力並且支撐著我們存在的東西，開始迅速崩塌。夸啦啦夸啦啦地裂開並且下陷。最先開始往下掉的人

好像是我。「Sarah！」傑克大叫：「Hold my hand！Sarah！Hold my hand！」我的手才剛剛伸出去抓住了他的，整個人便開始往下陷。不知哪裡來的狂風，從四面八方而來亂七八糟地刮著，全身都被不知名的堅硬碎屑擊打，而我腳底下的地板已經變成一道土石流，貪婪地將我不斷往下吸食，黑暗中依然什麼也看不見，傑克的聲音來自我頭上，他緊緊抓著我，但我可以感覺得到底下吸食的力量：傑克拉不住我！

驚恐中不禁抬頭大喊：「Jack！Let go！」

砂石紛飛。

「No！」傑克大吼：「Don't you let go！！」

四面八方都有崩壞的板塊不斷碎裂成更小的細碎屑且繼續擴大，我感覺傑克緊抓住我的手忽然改變了力量的方向和強度，儼然他也終於陷入地底了，由於位置的改變而重心頓失，拉住我的手就那麼瞬間滑開。劇烈的板塊碎裂與石屑撞擊聲中夾雜著呼嘯的風聲，傑克驚恐地大叫我的名字。因為那聲音中的恐懼，於是我繼續努力把手臂往他聲音的方向伸去。

也許需要被抓住的人不是我。是他。

「Hold my hand！Sarah！Hold my hand！Sarah！」

整個人都混在崩壞世界裡繼續往下陷落，我緊閉著雙眼想要開口，卻立刻吃了滿嘴的怪東西，「唉……唉……」我把嘴裡的類砂石咳出，試圖發出聲音，「唉穴……」

「娃……」傑克的聲音聽起來也很模糊，也參雜著咳嗽聲。

「I can't！」我終於勉強說出人話。

「What?!」儼然傑克還是聽不清楚。

往下墜落的速度比之前更快了，更多的大小碎屑奔進嘴巴，我無法再開口，只能緊閉嘴巴與雙眼。隨著下墜的速度不斷加快，四周物質的密度也在迅速升高。

呼吸越來越困難。

Sarah！Sarah！我不斷聽見傑克的大叫聲。真不懂為什麼他還能張口說話。

妳在哪裡?!妳在哪裡?!

我無法開口，但還能發出聲音。於是在喧囂的黑暗中閉著嘴巴，閉著眼睛，我開始哼起無名的旋律。嗯～嗯～嗯～～

傑克，聽見了嗎？

然而那聲音連我自己聽起來都好微弱。可以感覺到鼻腔逐漸被塞進異物，就快要無法呼吸了。但是繼續哼著。

嗯～嗯～嗯～～

不要怕。傑克。

這樣也好。你想呀，電影裡面用枕頭把一個人悶死，似乎總不需要花太久的時間。所以。這樣也好。我們已經不知在黑暗中被困多久了，剛開始的驚奇早就消散了，分析討論這到底是什麼情況、想像這個世界、發明別的世界、試圖一起前進、轉彎、往上或往下、休息或者做愛、反覆重來，終於所有原本興致昂揚的對話都因疲倦而不打算繼續了，連做愛都開始覺得無聊了，尋找出口也變成純粹的徒勞與浪費，沉默的時間越來越長，最後只剩下更多的發呆和純粹的無聊，以及沒有人說出口的絕望。所以這樣也好。對吧。

與其永遠在黑暗中直到發狂，不如這樣被悶死來得痛快。

好，真的已完全發不出任何聲音了。也沒有辦法呼吸了。

我已經準備好了。就這樣結束吧。實在太累了。

但是傑克的手卻抓住了我的。

在意識完全離開之前，我可以感覺到，用不斷被刮碎的全部身體感覺到，傑克正宛如穿越牆壁似地，逆著滾滾奔刷的一切，橫過那些高速刮裂他身體的一切，很緩慢但很確實地往我泅泳、攀伏、靠近，將我往他一點一點拉過去，直到他的整個身體貼上我的，並且包覆我。我的身體不再被無數的尖銳異物刮裂穿刺。

傑克……

我感覺自己好像在哭。有點驚訝身體裡面居然還有水分可以從眼睛流出來。同時也覺得很浪費。但眼淚好像繼續流了出來。

傑克依然用他長長的手臂、雙腳、胸膛，將我整個人緊緊扣在他的身體內側。

我們一起，和整個世界一起，以穿透時間的高速下墜。

◆　　◆　　◆　　◆　　◆

咪咪蔣忽然自床上彈起身、滾下床、奔出臥室、打開家門、推開安全門、跑下樓梯、奔出大廈。

是的。從睜眼醒來的那瞬間開始，所有接下來的動作都是緊接連貫的，行雲流水般順暢，沒有經過半點思考和停頓，身體自行運轉。

天黑著。這是清晨尚未降臨之前，夜色最深的時候。馬路上沒有人、沒有車。咪咪蔣穿著睡衣，赤裸雙足，滿臉驚恐地在無人大街上拼命奔跑，心中只有一個念頭：

得要把他趕走！要不然兩個都會死！快走！快點把他趕走！

她拼命跑拼命跑，跑進了一個轉角的停車場，奔向一台黑色轎車，打開右邊車門竄進去，砰地關上車門然後對那個睡覺的男人大吼：「開車！開車！快點開車！！」

·　◆　·　◆　·　◆　·　◆　·　◆　·

平原的光比之前更亮了。

遠遠地，女人便看到那台黑色轎車。在這麼筆直的公路上，很遠很遠就可以看見。雖然還只是一個黑色小點。但女人的心跳卻砰砰跳了起來。

黑色小點越來越大，女人不禁發出聲音：「等一下⋯⋯」

大鬍子當然也看到了。女人聲音中的緊張讓他半信半疑地詫異想著：不會吧？真的假的？

閃閃發光的對面來車和他們之間的距離不斷拉近。大鬍子和女人都很快就看出前座有兩個人。

駕駛座的那個戴著安全帽，另外一個卻看不清楚，被白花花的玻璃裂痕給遮蓋了。大鬍子皺起眉頭。出事了。

女人也皺起眉頭：他們是誰？

飆速行駛的黑色轎車轉眼便咻地自白色廂行車旁掠過。大鬍子

和女人都不禁跟著轉頭看去，再回過頭看看彼此。

「妳有看到嗎？」大鬍子驚訝地說：「開車的那個居然戴著安全帽，旁邊那個好像受傷了。我看到好多血。玻璃窗也被撞破了。」

「是的，我看到了。」女人發出不確定的聲音附和。

那是男人的車子沒錯。她很確定。車號是對的。怎麼回事？

「剛剛後座是不是還坐了第三個人？」女人問。

大鬍子回想，黑色轎車的速度實在太快，而他的目光又完全被受傷的那個吸引。不過，好像有。

「好像有。我不太確定。」大鬍子回答。

女人也不太確定。她也沒看清，她的目光完全被駕駛座的那個所吸引。由於安全帽的關係，她無法辨認對方究竟是不是她原本所認識的男人。

然而現在回想，後座好像還坐了第三個人。大鬍子也這麼說。那就應該沒錯。那、那。

那麼。

「那是他的車。」女人說，「我很確定。」

「什麼意思？」

「我不知道。讓我想一想。」

「他們開得很快。現在已經離我們很遠了。」大鬍子提醒。

「但是……」

「要追嗎？我可以試試。」

「我不能要你……」

女人話還沒說完，大鬍子已經迅速轉動方向盤，車子在柏油路面刮出一個大弧形繞出了公路幾許，又回到公路上，還看得見那台黑色轎車。遠遠的一個小點。大鬍子手動排檔迅速調整，狠踩油門。

　　「等一下……」女人喊。

　　「沒關係。」大鬍子說。

　　「我只是猶豫了一下而已，」女人辯解，「我剛剛已經決定了，真的。」

　　「沒關係。」大鬍子堅定地說，「就像妳說的，兩個人當面一起決定，才叫分手。」然後他笑了起來，「別抱太大希望，我們不見得能追得上。不過，」他嘿嘿地說，自己都覺得自己興致高昂得很怪異，「可以試試。」

　　而且那車上有人受傷了。

　　「你不需要這麼做。」女人喃喃地說。

　　「是的，我需要。」大鬍子露出嚴肅的表情。

　　早晨的太陽在他的墨鏡上反射出精光。

　　其實，咪咪蔣完全沒有聽到那一記槍聲，沒有看見車外有一台機車忽然來到旁邊，當然，在接下來的過程，她也完全沒有發現後面有台機車的緊追不捨，更不曉得男人之所以飆速行駛，有一半的原因是因為後面的追趕。

　　她只知道危險還沒有離開，整個人像不斷旋轉的警示紅燈般重複著要男人千萬不要停，她兩眼盯著夜色中的公路，卻除了黑暗本

身什麼也沒有真的看見，直到最後整個人撞上玻璃，就連那身體所承受的劇痛，都沒有輸入她的腦袋。

於是當咪咪蔣再度睜眼醒來的時候，很自然地不知道發生了什麼事，也沒有產生任何困惑。

她兩眼只能撐開很小的縫，因為眼皮被乾掉的鮮血給黏住了。隨著微微撐開的眼縫，耳朵也稍微打開，聽見車內有兩個人正在互相叫囂。

「這樣不行啦！我沒有辦法停止它！你必須停下！」

「不行！時間就是一切，我不行！」

「至少讓我先把她的頭包一包！我從這邊沒辦法好好處理！」

「Fuck！」

咪咪蔣的耳朵迷迷糊糊地聽到這裡便又關上了。連同她的眼皮和意識。

最後那個聲音，讓她想起很久以前，某個女人從小小儲藏室，或者很遠很遠的地方所傳來的憤怒呼喊。

Call him.

大鬍子說。

什麼？

女人有點恍惚。

「打給他。」大鬍子提醒，「雖然我偶爾喜歡跟人玩飆車的遊戲，不過那畢竟不是現在的重點。」

喔對！女人自肩包內翻出手機。對。先打給男人。但是……

說什麼呢？怎麼說呢？女人握著手機猶豫。

　　大鬍子很明白。「先別管，先打。」大鬍子下指令，清晰而鎮定。

　　當然。事不關己總能如此。然而，真的事不關己嗎？

　　大鬍子搖搖頭甩掉此刻所不需要的多餘雜緒，再度下指令，「別想了，先打。」

　　女人撥打男人的電話。

　　不通。對方通話中。

　　再試一次。還是不通。對方通話中。

　　呆坐公路上的男人，在起身之前決定先打電話給女人讓她安心。

　　他撥打女人的電話。不通。對方通話中。試了三次都不通。

　　「他手機不通。我先傳簡訊好了。」女人報告，然後拿著手機稍微想了一下，迅速打出了這些字：

　　（如果你在車子裡且正為我而回來，請減速或者靠邊停，等我；我在你後面的另一台車子裡。如果你沒有要為我而來，請繼續往前不要停，我祝你一切都好。Farwell.）

　　手機發出訊息通知聲。

　　傑克坐在計程車裡打開來一看，又是驚訝又是困惑。他想不出前後邏輯是怎麼回事。

但訊息是來自那個女人沒錯。雖然只見過一面。而且是一年多前。但電話號碼卻仍一直留在他的通訊錄沒有刪除。那個。叫做Sarah的女人。

　　也就是今天傍晚在餐廳看到的女人，也就是後來打電話叫他「趕快過去」的女人。

　　現在，傑克將最新收到的訊息反覆地看。

　　（如果你在車子裡且正為我而回來，）是的，我在車子裡，正在回去，但不是為妳，是因為放棄了所以才回去的！（請減速或者靠邊停，）所以我現在到底該不該這麼做？（等我；我在你後面的另一台車子裡，）傑克好幾次回頭張望計程車後面的其他車輛，但始終卻看不出個端倪，（如果你沒有要為我而來，）我究竟有沒有？要不要？（請繼續往前不要停，）我到底該不該停？（我祝你一切都好。）我很好！（Farwell.）可惡！

　　傑克嘆了口氣，打電話給對方。已不知是第幾次地，在這個晚上，撥這個號碼。

　　電話通了。但是沒有人接。

　　「不好意思，」傑克尷尬地將身體稍微前傾，對司機說，「麻煩你前面靠邊停。」

　　下了車，繼續聽著電話另一端沒人接聽的鈴聲。傑克掛掉電話，站在夜已降的熱鬧街邊和霓虹燈底下。行人在他身後穿梭，車流在他面前滑過。

　　（等我。）簡訊裡面有這句。那像一隻手輕輕覆蓋在他心口般地印出微溫和確實的分量，並且停留著。

男人和女人在異鄉流浪，誤把彼此當故鄉，他們從相遇的那一刻開始相戀，經歷春華清芬，或者夏日輕挑，再過一場秋光浪漫，也共渡了冬之深。一個月、一季、或者一年。終於有人想起：這裡從來就不是我的故鄉。

　　於是繼續流浪。

　　傑克站在熱鬧街頭盯著每一輛駛過面前的車。這裡是台北，而他從小便在旁人的視線裡處於異鄉人的身分，儘管他明明不是，卻無法擺脫。

　　男人一直在故鄉流浪。他不在乎了。早已。所以。傑克再度撥打電話。他決定他要一直打到對方接聽為止。一個晚上、一天、一個月、一年……無論如何。他媽的。

　　只要我決定，這裡就是故鄉。

　　黑色轎車在路邊停下，後座的那個立刻跳下車，打開前座車門，然後迅速脫下自己身上的牛仔褲，把咪咪蔣頭上的一團衣服扔在咪咪蔣懷裡，將牛仔褲環繞包纏在咪咪蔣頭上；負責駕駛的那個看同伴手忙腳亂的模樣，一陣子，自後視鏡注意到一台白色廂行車迅速靠近並且停下，一個男人和一個女人正下車走來。「我的老天……」這位頭帶安全帽的臨時駕駛不禁倒吐口氣，跳下車去拉開同伴。

　　「你幹什麼啦?!」同伴在車外站直身子，也瞧見正在走來的大鬍子和女人了，安全帽底下發出「啊」地一聲，彷彿看見全世界最

怪異的景象。

隨著大鬍子和女人的快步接近，安全帽二人也迅速地往後退。

「需要幫忙嗎？」「你們是誰？」大鬍子和女人同時發出了不同的問句。

安全帽二人組對彼此發出小小的聲音，「我們現在得走了。」「對，現在應該沒我們的事了。」語畢二人轉身開始跑，跑進了那家速食餐廳。

大鬍子在第一眼看見滿頭鮮血的咪咪蔣時，便已認定眼前二人是肇事者，這時見他們逃跑掉更加確定。但他沒心思管他們，立刻彎身開始檢查咪咪蔣。

女人卻發步追了過去。她推門衝進餐廳內，和服務生撞個滿懷，女人喊：「你有沒有看見兩個……」「廁所！」服務生一邊說著一邊率先大步走去。

女人狐疑地皺起眉頭，搶過服務生奔至廁所門外，猶豫地停了一下，先敲敲門，服務生卻快步而來直接伸手去按門把，門沒有被鎖起來，服務生將門打開。

裡面空蕩蕩地。

「他們人呢?!」服務生大叫。

廁所不大，是男女共用的類型，小小的，並沒有很乾淨，只有一個小小透氣窗上面架了抽風扇，沒有其他出口，也沒有人。

女人呆站原地。耳邊聽見廁所外面，大鬍子正衝進速食餐廳內大喊：「拜託！有人受傷了！有沒有乾淨的布?!幫我！」女人怔怔地回身，看著服務生滿臉怒容地自她面前衝出廁所，轉進廚房，然

後抱著一疊乾淨的白布奔將而出，隨著大鬍子一起跑出餐廳。女人走到店門口看著。

「誰受傷了？」服務生站在敞開的車門旁邊大叫，極為不耐煩地看向大鬍子。

大鬍子瞪著空蕩蕩的車座，那上面還沾著血跡。

但受傷的人卻已經消失不見。

太陽底下，男人在公路上騎著機車上路了。他騎得很慢。因為是第一次，所以還在摸索，雖然不免有些心驚膽戰，不過從此以後，男人就知道怎麼騎機車了。

咪咪蔣打不開她的雙眼，只能張開嘴巴發出微弱的聲音：「後、後來怎麼了……那……那個……男的沒……沒死吧？」然而那聲音被吞進了無盡的虛無，誰也沒有聽見。

Please please please be alive.

男人雖然騎著兩輪車朝心目中熟悉的女人而去，這個聲音卻還是為另一個陌生女人而懸浮在腦袋邊緣，就像一抹身影懸浮在什麼也沒有的黑暗中。

咪咪蔣在無邊無際的黑暗裡垂掛四肢，仰身漂浮，直到有人聽見她的聲音。

（千萬不要死掉喔。）

・　◆　・　◆　・　◆　・　◆　・　◆　・

砰。

體溫。

砰。

心跳。

砰。

敲門聲。

砰。

開啟的聲音。

砰。

關闔的聲音。

砰。

撞擊的聲音。

砰。

砰。

夸啦夸啦夸啦夸啦。身體正在與身體分開。

分開了。我們。

我和我分開了。你也和你分開了。我和你分開了。

分開之後就可以重組了。

裂開吧。一切。

乒。不知哪來的一記巨響。簡直就像槍聲似地。在那之後所有的聲音都咻咻咻地隨著最後一批土石流而被黑暗吸走，消失。沒有了風。沒有砂石碎屑。我們在寂靜中繼續下墜，但速度卻變慢了。

黑暗出現裂縫，裂縫流洩出微光，那柔焦似的泛光開始擴大並且有了顏色。像一部還沒經過適度剪接的影像合輯似地，畫面在我們面前刷啦刷啦地放映，最後來到一個女人坐在車內，因為沒有繫安全帶，因為毫無預警的緊急煞車，整個人往前撞上窗玻璃，滿頭血，而開車的那個男人下了車，打電話，但是來不及，來不及，沒等到救援，女人就死了。

然後那畫面漸漸變小，被黑暗再度吸了回去，最終化為一點淡光，像夜空中唯一一顆星星般地懸浮在黑暗中。

砰。

傑克緊緊抱著我落在什麼東西上。下墜停止。黑暗中我們依然可以看見那抹光。

但我不是整個人被傑克包在他身體裡嗎？但我不是閉著我的雙眼嗎？為什麼我剛才能看見？為什麼我此刻能看見？我張著雙眼嗎？

我張開了雙眼。傑克？

「Jack？」

我爬出他的環抱，跪在他身旁推他，「Jack？ Jack？ Jack!

Jack!」

　　傑克發出了聲音，「我覺得我剛剛好像做了一個夢。有人出了車禍。」

　　那不是夢。「那不是夢。」我喃喃地說，「你受傷了嗎？你還好嗎？」

　　傑克呻吟了一下坐起身，「好像沒事。」

　　「我們必須救她。」我拉起傑克，「起來，我們必須救她。」

　　「誰？什麼？怎麼救？」

　　「我不知道。」我牽著傑克開始迅速邁步，另一手四處伸直著摸索，手指碰到一面牆物然後，嘩啦，眼前一亮，那是門，被我推開了。

　　兩人都本能地因為刺目而閉上眼並且停下腳步。再度睜開雙眼，發現視線又變暗了，很奇怪，緊接著才意識到是因為頭上似乎戴著一頂很大的全罩安全帽。蓋頭蓋臉。兩個人皆是。我們正站在某間廁所的門外，這裡是一家速食餐廳，大玻璃窗外是暗夜，明亮的店內則空蕩蕩的一個客人也沒有。

　　這個地方我們見過。就在剛剛放映的電影中。

　　「走吧。」傑克說，我相信他自己都不知道為何他會知道，他說，「快點，我們沒時間了！」

　　我們往外跑，一邊跑我一邊喊，「為什麼我們戴著安全帽?!」奔出了餐廳立刻在門邊看到一台機車。「這就是為什麼。」傑克不假思索地跨上機車。前方不遠，一個女人正奔向一台黑色轎車，打開門坐了進去。

「快！」傑克大叫，已然發動引擎，我連忙爬上後座環抱他。

「你會騎嗎?!」我在安全帽裡大叫。

「我不確定！」傑克回喊，機車衝向那台黑色轎車，他把車子騎得很穩，我盯著黑色轎車內的女人。

是她。頭髮剪得好短好奇怪。但確實是咪咪蔣沒錯！

我朝咪咪蔣伸出手。

下車！咪咪蔣！下車！

然而黑色轎車卻立刻倒退轉彎衝出了停車場。

我們在後面拼命追。

趕到的時候，咪咪蔣已經撞出滿頭血了，駕駛的男人站在車外，用驚恐的神情朝我們發出聲音：「我、我來打電話叫救護車……」他被傑克很粗魯地推到地上，我則跳進後座，迅速脫下毛織外套去包裹前座咪咪蔣的頭。傑克將車子調轉方向，往來時方向衝，「我們回剛才那家餐廳，應該比較有工具可以幫她！」

什麼工具？怎麼幫?!我欲哭無淚地雙臂往前繞過椅背，緊扣在咪咪蔣頭上。我剛剛在想什麼？我根本不知道怎麼救咪咪蔣！

移動視線，自後視鏡看向傑克。

戴著安全帽的傑克，已經將面罩往上拉開了。雖然如此，單單透過後視鏡，我只能瞧見他的雙眼。他的目光不斷在路面和後視鏡兩者之間來回；在前後兩者之間來回；在專注道路的同時，他一次又一次地凝視我。

Sarah……

眼神發出呼喚。那呼喚很簡單，也很複雜。

我意識到自己的臉依然埋在面罩後面。

這是一對在黑暗中交往千年的情侶。他們熟悉彼此的一切，卻從未知曉對方的樣貌。他們沒機會。直到現在。

一旦睜開了雙眼，也許就會分離。是兩種世界的分離。他們是他們，我們是我們。那樣，化為兩種版本的故事。因為畢竟，雙眼的世界和沒有雙眼的世界，是絕對不同的。

傑克已經把他的視線交給了我。然而光這樣是不夠的。就像一條電線得要把兩端的開關都打開才能通電一樣。在這有限的轎車空間內，奇異的張力混雜在女人受傷的緊急狀態中。我感覺自己心跳好快。我感覺傑克正在猶豫要不要回頭讓我看見更多，也在等待我打開我的面罩。誰先。這樣。

但是我不能把面罩掀開。還不能。不是現在。我發現自己正淚流滿面。傑克，等我哭完了我再把面罩掀開。現在重點是咪咪蔣。不是我也不是你。

「停下！」我大叫。這樣從後面趴著往前根本沒辦法好好幫咪咪蔣。我那件用來幫她包裹頭部的衣服已經溼透了，紅色的鮮血卻還在不斷流出。失血的分量令我驚懼，幾乎沒等傑克把車停好，我便開門跳下了車，打開前座車門，脫下牛仔褲幫咪咪蔣重新包紮止血，正在手忙腳亂，傑克卻忽然跳下車跑來將我拉開，「我們現在必須走了。」他說。

不遠處，一男一女正朝我們而來。

那個大鬍子很眼熟。我覺得我好像看過。

那個女人更眼熟。我肯定我看過。

那個女人就是我。

至少，長得跟我一模一樣。

心中忽然湧現某種接力賽跑的感覺。我們的任務到此結束了。「對。接下來應該沒我們的事了。」我說著，和傑克兩人同時轉身跑回速食餐廳。可能是因為電影看太多的緣故，總覺得不能讓另一個自己看見自己。

我是因為這樣而逃跑的。但傑克呢？我發現他的面罩已經蓋回去了。「你在跑什麼？」我邊跑邊大叫，試探性地問：「那個大鬍子是誰?!」

「我不知道！但我覺得好像是我！」

果然。

我們衝進了餐廳。

哪裡來，哪裡回。兩人的本能和直覺皆是如此。

直到我們砰地推開廁所的門，猛然墮入黑暗中，我們才驚覺：為、什、麼、要、選、擇、重、新、回、到、黑、暗、呢？

根本沒有選擇。就這樣回頭再度自投羅網地衝進了黑暗中。

身體凌空下墜，很快就跌落底部。「Jack?!」這才發現臉上的安全帽已經不在了。我又喊：「Jack?!」勉強爬起來雙臂亂揮，卻摸不到他也聽不見他的回應，我沒有聽見傑克墜地的聲響，難道只有我回到黑暗中了？

黑暗中，光的裂縫再度開展。

一道發光的直線像緩緩打開的眼睛般，漸漸變寬，化成一扇向外開啟的門，就在我前方不遠處。門外傳來聲音：「喂？喂！妳還

好嗎?!」遙遠但熟悉。

那是咪咪蔣的聲音。

我想開口,但視線邊緣忽然意識到另一個存在,本能地抬頭看去,藉由門外傳來的微光,辨識出我頭頂上方正懸浮著一個身體。

那是傑克。應該沒錯。雖然看不見他的臉。雖然從來沒看過他的臉。但那個男人的軀體,四肢垂掛地飄在我頭上的黑暗中,是傑克,在我所能觸及的距離之外。

我怎麼辦?仰頭望著那懸浮我想著。我看看開啟的門又看看傑克。就像傑克曾經將視線在兩端來回那樣。然而他的凝視是為了另一種相遇,我的猶豫卻是在考慮分離。出口就在前方。我怎麼辦?這個男人我畢竟不認識。我試圖告訴自己。我們不認識。他跟我其實沒有關係。我們。以現實的意義而言,只是陌生人。眼睛看不見的,沒看過的,就不存在。我試圖這樣告訴自己。

但我的身體卻發出震顫。自深處發散而出擴散到每個細胞和皮膚表層的震顫。那其中包含著切切實實的疼痛。被無數細砂所狠狠刮過的傷口都還在,這時全都發出了咆哮聲。像忽然醒來似地。

我想起傑克的衣服非常破碎且充滿血跡。在外面的世界看到的。但當時那畫面卻沒有以實質意義輸入腦袋,滿心只掛念著咪咪蔣。這時候我想起來了,我想起流血的不只是咪咪蔣。

咪咪蔣⋯⋯我再度看向那扇開啟的門。沒事就好。活下來了。那就好。

光門開始緩緩地關上。變細、細成一條縫、縮回一個點、消失。

與此同時，與那光的消失、門闔上的同時，懸浮在半空中的傑克開始緩緩落下，視線更暗，傑克降至我面前，在最後一抹稀薄的光線中，我隱約看見傑克的臉龐。然後，他與黑暗一起完全降臨。

　　我跪下，趴在他的胸膛上，聆聽。

　　砰、砰、砰……

　　還活著呀。

　　傑克。

　　站在街頭，對著陌生人潮與車流，他再度撥打了電話。

　　傑克。

　　在廣大無垠的平原中騎著機車，聽見手機響起，暫時停下，從外套口袋內取出手機。

　　傑克。

　　在黑暗中發出聲音：「接電話……」

　　什麼？

　　「電話……在響……」傑克說。

　　「你活著。」我趴在他身上笑了。

　　「接電話……」傑克又說。

　　哪來的電話？我以為傑克腦袋被撞壞一時糊塗。

　　但他很堅持，「我口袋，我褲子口袋……」

　　「你沒有手機。」我提醒他。

　　「我知道。」傑克躺著發出微弱的聲音，「但現在有。」

我什麼也沒聽見，但還是依言去摸他的褲子口袋。真奇怪。還真的摸到手機，正在振動。我坐起身取出那手機，雖然握在手裡能感覺到振動，卻沒有任何螢幕光線傳來，我的雙目依舊被黑暗完全覆蓋，只好憑印象用指頭在表面上滑動一下，然後湊耳接聽。

　　「哈囉？」

　　「哈囉？」

　　「哈囉？」

　　「哈囉？」

　　總共有四個聲音在說哈囉。

·　◆　·　◆　·　◆　·　◆　·　◆　·

「這是誰？」「Sarah？」「這是誰？」「傑克？」「什麼？」「哈囉？」「這是誰？」「Sarah？」「這是傑克。」「我找Sarah。」「你打錯了。」「傑克？」「等等，你是誰？」「我是傑克。」「傑克？怎麼搞的？」「這還真巧。」「怎麼回事？」「傑克！」「這是Sarah的號碼，你是誰？」「我是Sarah！」「這是Sarah的電話？」「等一下，現在到底是誰在跟誰講話？」「傑克？」「Sarah？」「傑克?!」「我在這裡！哈囉?!」

我很快就意識到其他三個人聽不見我的聲音。

我很快就聽出其中兩個聲音都是傑克。那聲音對我來說，甚至比我自己的還要熟悉。

第三個人是誰我聽不出來。

我決定閉上嘴巴先搞清狀況，聽了一陣子，第三個人也不說話了。雖然只剩下兩人，但電話另一端依然很混亂，「對不起我想可能有什麼地方搞錯了。我要掛電話了。」「等一下等一下！我好不容易撥通電話有人接聽！是這個號碼沒錯我很確定！」「老兄，我沒這種時間，你打錯電話了我很確定。」「我沒有！這是傑克！我找Sara！」「這是哪門子玩笑？我是傑克！我正要去找Sara！」

傑克在跟自己說話。但他卻似乎不認得自己的聲音。第三人在短暫沉默後再度發出聲音。

「安靜。」他說，「這是Sarah的號碼，這是Sarah的手機；」他說，「但是她已經走了。」

「我不相信你。」傑克說。

「你什麼意思她走了？」傑克問。

「她已經走了。她留下了一切然後走了。不管你是誰，這個號碼，這支手機，沒用了。我希望……總之。你好好照顧自己。」

「不，等等……」

「你到底是誰？」

「我是傑克！」

「不是你！是那個說Sarah走了的。」

「對，你是哪位？」

「哈囉？」

「哈囉？」

「你是他嗎？」

「我不是。我是找Sarah的那個。」

「我也是。」

「我想他已經掛掉電話了。」

「好像是。」

「那現在？」

「我不知道。我不知道這是怎麼回事。」

「你打算怎麼辦？」

「我當然還是要去。我才不管那傢伙說了什麼。我又不認識他。」

「喔。好吧。祝你順利。」

「我想我不會的……只是……算了。你呢？」

「我的Sarah傳了一通簡訊給我。她要我等她。」

「老兄……等待爛透了。」

「是啊……」

「我不覺得你該等。就去做任何你想做的。別管她了。」

「本來是這麼打算的。」

「你還是要繼續等對吧？」

「不是永遠。我在外面，總要回家。」

「我在哪裡也不是的中間，還沒決定要去哪。」

「也許我們該碰面喝一杯。」

「聽起來不賴。」

「但我們會講到話是因為接錯線。」

「很簡單。我把我電話號碼給你。」傑克說著唸出了一串號碼。

傑克沉默一陣子。

「哈囉？你記下來了嗎？」

「那是我的電話號碼。」

「什麼？」

「哈哈哈哈哈哈哈！我想我快瘋了。」

「嗯……欸……好，沒關係我們不用碰面，反正不管你在哪裡，我要過去都得花很長一段時間。我想我還是……對。你保重。」

「是啊……你也是。」

「謝了。」

「嘿傑克。傑克沒錯吧？」

「對。」

「別讓她走了。如果你找得到她。」

「我知道她在哪。她在等我……吧。」

「哈哈哈哈哈哈。」

「如果她真的不在了呢？」

傑克安靜了一陣子。

「別停留。」他回答。

「你也是。」

「不一樣。我們走著瞧吧。」

「好。祝好運。」

「Good luck.」

「等一下！」我連忙再度出聲大叫，「不要掛掉電話！你們兩個！Jack！Jack?!」

「我在這裡……」

電話另一端已經落入沈寂，不再有任何回應，但黑暗卻發出了聲音，「Sarah？」

我在這裡。你不用找我，也不需要等待了。傑克。

「I'm here.」我在黑暗中摸索著將那手機塞回他的口袋，然後握住他的手，在他身旁躺下。「你受傷了，傑克。」

「No kidding. 妳呢？」

「我想你傷得很重。」

「妳呢？」

「我也受傷了，但沒你糟。」

「妳不會知道的。」

「我想我知道。」

「我想妳是膽小鬼。」

「我？」

「妳。妳不肯讓我看見妳。」

「……你已經看見我了。」

黑暗沉默。傑克捏緊了我的手。

「嘿，」我說，「你不要睡著喔。我想你現在不該睡著。」

「也許吧。」

傑克的聲音聽起來怪怪的。

傑克？

「Jack？」

他的身體在輕微顫抖。

我安靜了一下。黑暗也安靜。但那安靜卻極為震耳。

傑克在哭泣。

我輕輕轉動身體，將一隻手臂從下面穿過他的脖子，將他的頭放在我的臂彎裡，然後另一隻手環抱他。我的動作得要很小心。我不知道傑克究竟傷得多重。他的身體又溼又黏，除了汗水以外還帶著新鮮的血腥味。

傑克無聲地哭了一陣子終於再度發出聲音：

「妳沒有離開。」

　　大鬍子關上黑色轎車的門，走到餐廳門口站到女人身邊。跟在他後面走回來的服務生則一臉不悅，經過女人身旁時忽然停下腳步，問：「剛才那兩個戴安全帽的妳認識嗎？」

　　女人搖頭。

　　服務生懷疑地瞇起眼睛，「他們偷了我的摩托車。」

　　「他們也偷走了我一些東西。」女人說。

　　大鬍子推推服務生，「真的。我們不認識那兩個傢伙。」

　　「我要報警。」服務生說著進了餐廳。

　　就在這時候，女人的手機響起。她取出手機低頭看了一眼，大鬍子問：「是他嗎？」

　　「是啊。」女人臉上浮起一抹失落的微笑，將手機隨便往旁邊一扔。

　　「那兩個傢伙偷走了妳什麼？」大鬍子問。

　　「我還不太確定。」

　　手機鈴聲還在響著。大鬍子走過去撿起來，打開手機接聽，「哈囉？」「哈囉？」「這是誰？」這樣地進行了一小段混亂失焦的對話，他暫時閉上嘴巴聆聽，並且看著女人。女人看著遠方。她連手機都不要了，當然更不在乎究竟是誰打電話來說了什麼。大鬍子終於再度開口，「安靜。」他說，「這是Sarah的號碼，這是Sarah的手機；」他說，「但是她已經走了。」掛掉電話，把手機扔進門口附近的垃圾桶，看向女人。女人也看向他。

　　「所以……」他們異口同聲地說，停頓，大鬍子說：「所以，我想我終於知道了妳的名字。」

女人臉上有種似笑非笑的表情。兩人又同時開口：「所以……」

　　停頓。他們都笑了。女人再問一次：「所以？」

　　大鬍子也把話問完：「所以現在是怎樣？」他忽然有種茫然。

　　但女人卻顯得很篤定。

　　「現在，」女人說，「你可以走了，或者留下，都可以。你可以再次邀請我，或者不，都行。」

　　「為什麼我要是做選擇的那個？」大鬍子撇撇嘴。

　　「因為我剛剛已經做了我的選擇。」女人回答。

　　「關於那個……」

　　「我們已經不需要再談那個了。」

　　「噢，」大鬍子挑挑眉毛，「所以剛剛到底發生了什麼事？」

　　女人真正笑了起來，「我完完全全沒概念。」

　　「我想他們搞不好也偷走了我什麼。」大鬍子有點不安地調整了一下棒球帽，「我是說那兩個戴安全帽的。好像有什麼東西不一樣了。我不知道怎麼解釋。」

　　「我知道。」女人看向停車場出口。那個鮮黃色行李箱依然留在被她所遺棄的地方。

　　他們稍微安靜了一下，體會著胸腔裡某個角落忽然變得有些空曠的怪異感受。

　　女人看向大鬍子。微笑。「所以現在是怎樣？決定了嗎？」

　　大鬍子心想：我不能只是先載妳一程就好嗎？怎麼搞得好像要不要交往似地？先載妳一程路上再決定不行嗎？妳下車以後再決定

要不要跟我聯絡這樣不行嗎？我們把程序搞正常一點，不行嗎？

　　然後他再度想起女人連手機都扔了。行李箱也扔了。她身上大概只剩下錢包和證件。這女人本來就不正常吧。太靠近會是個麻煩吧。

　　女人的微笑變深了。「別想太多。」她說。

　　你可以現在不決定，先載我一程就好。女人看著大鬍子。你可以。但那沒有意義。不知道為什麼，我們已經知道了目前所需要知道的一切，感覺到目前所能感覺到的所有了。所以不必拖延。所有的不同只在此刻。你知道的。只是不想決定。

　　還是，你要我替你決定？

　　女人幾乎就要開口。

　　「妳知道嗎？」大鬍子說話了，「幾乎每個男人在過了一定年紀之後，面對感情，他們幾乎總是選擇輕鬆的那個。」

　　「我知道。」女人點頭，「女人也是。」

　　「幾乎。」

　　「幾乎。」

　　大鬍子臉上還戴著墨鏡，頭上還戴著棒球帽，那使得他幾乎整張臉都被掩蓋。他自墨鏡後凝視女人的眼神，女人也不能清晰識別。因為如此，所以很安全，這樣才公平。大鬍子凝視著女人。因為女人那張臉不需要墨鏡就能掩飾很多很多。

　　他們在餐廳門口看著彼此。終於女人移開了視線。大鬍子笑了。有種贏了的幼稚感覺。他們一起望向不遠處的那台黑色轎車。

　　「所以妳幾歲了？」大鬍子問。

「還不夠老。你呢？」女人臉上的笑容帶著幾許促狹。真聰明呀，結果大鬍子還是把發球權交給了女人，而女人也接了。沒關係。她忽然變大方了。笑笑地看著大鬍子。

「我也是。」大鬍子知道女人發現了，但他不在乎。反正答案出來了。轉身推開餐廳的門，「我肚子有點餓了，妳要在這吃還是買上路？」

「買上路吧。買跟你一樣的就好。」

「那多無聊。那我點兩份我自己愛吃的。」

共享的意謂是那麼理所當然。因為已經發生過了。他們忽然感覺到一種諧調性的存在。彷彿這世上充滿了迷宮般的河水支流而他們找到了同一條，也沒有特別約定什麼地，就很自然，很剛好地在這時候，在同一條有高有低的河水中一起順流而行。

「隨便你。」女人忽然覺得很輕鬆。

男人也是。

他騎著機車回到餐廳附近，遠遠就看到一個鮮黃色行李箱沒有人要地站在路邊發呆，然後隨著他的靠近，一輛白色廂行車駛出來，經過行李箱，經過他面前，轉彎。

女人就坐在上頭。他的視線和女人交會並且錯過。

男人在鮮黃色行李箱旁邊暫停，望著。白色廂行車也暫停了，就在路中央，女人搖下窗戶探出頭向後看，看著男人。

事情很明白。電話裡的陌生人沒在亂說。女人什麼都不要了。

Good Bye.

男人無聲地說。

女人點點頭，縮回車內，白色廂行車繼續往前。

他看著那車子越行越遠，說不清心中滋味。他一直看到再也看不見為止才移動視線。

男人忽然覺得很疲倦。深深的疲倦。同時也感覺到某種輕鬆。好像工作太久終於放假了似地，用意志所支撐運轉的核心早就精力透支，現在放鬆了，就瞬間全部都垮掉了。男人覺得自己現在可以當一灘爛泥巴睡上一百年。

然後他看見自己那台黑色轎車，於是將機車騎到黑色轎車旁停放，回到自己的車內，關上門看著前窗玻璃右側上那白花花的玻璃裂痕，以及沾滿各處的血跡。

還不到時候。男人立刻打開車門大步走向餐廳。還不到休息的時候。

「不好意思，」男人一進餐廳便拉住服務生問，「剛剛是不是有個受傷的女人被帶來這裡？她怎麼了？」

服務生露出再也受不了的表情，以沒必要的大音量回道：「沒有！沒有！沒有一個受傷的女人！沒有兩個該死的傢伙！什麼也沒有！人都不見了！進廁所就不見了！噗！就跟變魔術一樣！」

男人放開了服務生，一頭霧水地往外走。

怎麼回事？

服務生還在他身後咆哮：「他們偷走了我的機車！」

男人回頭撇了服務生一眼，決定不解釋。反正不久就會發現了

吧。

　　他推門而出，站在門口腦袋裡還在想：怎麼回事？

　　真是個莫名其妙的早晨。

　　女人走了。男人對自己確認這個事實。雖然好像是一個可以預見的結局，但依然需要點時間適應。女人走了。什麼都不要了。接下來他輕鬆了，什麼也不需要再努力了。他也可以什麼都放棄了。變成爛泥巴也沒關係了。死活不會有人在乎。

　　對。我只是因為不想要一個人所以才堅持到現在。男人承認。那又怎樣？結果還是一個人。

　　旁邊傳來奇怪的振動聲。男人望去，發現是從垃圾桶裡面傳出來的。

　　這天早上的怪事真的太多了。現在又怎麼了？垃圾桶也能有事？男人自己對自己露出嘲諷的笑容。走過去彎腰探看，自垃圾桶洞口瞄見一支手機。是女人的手機。男人認得。

　　這就不關我的事了吧。男人瞪著垃圾桶。

　　馬的。

　　他把手伸進去抓到了手機。垃圾很滿，要拿到手機很容易。螢幕上顯示著未知來電，男人覺得很好笑，帶著一絲惡作劇的心態打開來接聽。

　　哈囉？哈囉？男人說著。但另一端沒有傳來任何回應。聽不到任何聲音。

　　唉。男人疲倦地蹲下，就那麼拿著無聲的手機放在耳邊聽著沒有，看著陽光底下發光的黑色車皮，以及車窗上那朵因撞擊、因碎

裂而誕生的巨大白花。

I'm sorry.

男人對著電話另一端的沒有，喃喃地說。

Please be alive.

然後他聽到了聲音，來自手機另一端的沒有。很微弱的聲音，空間感非常奇怪的聲音。是不認識的女人的聲音：

（千萬不要死掉喔。）

男人沉默了一陣子，然後回答：

「好。」

・　◆　・　◆　・　◆　・　◆　・　◆　・

在什麼也沒有的黑暗虛無中，咪咪蔣垂掛著四肢，仰身漂浮，直到有人聽見她的聲音。

・　◆　・　◆　・　◆　・　◆　・　◆　・

（Don't stay。）男人想起這句忠告。他拿著手機自地上站起身來，開始往車子的方向走。同時，繼續將手機貼在耳邊聆聽著，儘管另一端什麼也沒有。

黑暗漸漸褪去了，終於決定放手。用呼吸，緩緩地把咪咪蔣往另一個世界推送。

　　大風吹過平原，吹過筆直的公路，吹過男人的臉龐並且刺痛他的雙眼。

　　咪咪蔣緩緩離開了黑暗的世界。那漂浮懸掛的四肢宛若被海水包圍似地微微擺動著，溫柔的無形的手將她的身子輕輕翻側，讓她低下了臉龐，膝蓋上抬，背脊則宛如被風吹過的稻草般緩緩彎曲，整個人還原到子宮內的胎兒姿態，蜷縮著，並且，繼續在黑暗的祝福中往另一個世界漂浮。

　　男人將手機扔在那沾滿血跡的座椅上，然後把車子開到行李箱旁邊，將行李箱放進後座，發動引擎上路。

　　我們不知道我們要去哪裡。但是。

　　那又有什麼關係呢？

　　一個人還是兩個人。兩個人還是一群人。一群熟悉的人還是一群彼此陌生的人。

　　都。可。以。

用自己的引擎活著吧。

　　◆　　◆　　◆　　◆　　◆　　◆

傑克在黑暗中非常勉強地站起身。他說：「妳說的對，我想我現在最好不要睡著。我們兩個都是。」

我們拖著腳步開始往前。

沒有任何方向性地，純粹只是為了往前而往前。

如果我離開的話，傑克大概早就放棄了吧。

如果傑克從來沒有出現的話，我大概從一開始就放棄了吧。

我們支撐著彼此，邁著緩慢的步伐，全身都在疼痛，但兩腳卻是麻的。我們沒有力氣說話，嘴巴乾得不得了。

然後我才想起，咦？會口渴了？我們的感官知覺已經改變了。我們變回人類了。

我們邁著腳步，但事實上卻沒有任何希望。這樣不知過了多久。黑暗很沈重。

直到小小的金色光點開始在黑暗中啪答閃現。像是有誰在巴喳巴喳地反覆轉動打火機的齒輪般。

Did you see…

有人說。

Yes I did.

是的我看到了。

然後傑克終於倒了下去，再也起不來。

• ✦ • ✦ • ✦ • ✦ • ✦ •

砰砰砰。

男人聽到這樣奇怪的聲音來自後方。一開始還以為自己聽錯了。畢竟今天發生了太多怪事。他在旅館房間裡，掀開床上的棉被，躺下，打算就要這樣終於什麼也不用管也沒有人管他地睡上一萬年。但是。

砰砰砰。

那聲音繼續從後面傳過來。沒聽錯。

男人轉頭看。聲音來自一只鮮黃色的行李箱。

男人瞪了一陣子，下床走過去將行李箱放平，然後解鎖。

那個密碼這世界上只有兩個人知道。其中一個已經消失了，現在只剩下他。

他解開了鎖，拉開拉鍊，掀開那只二十九吋的大型行李箱。

裡面縮躺著一個渾身赤裸的女人。頭髮狗啃也似地被亂七八糟剪得很短，這時被深紅色的乾掉血跡黏得更加不像話，整張臉也覆蓋著血跡的薄殼，以至於長相難以辨識。女人閉著雙眼，一隻手無意識地握拳敲著行李箱邊緣。

男人伸手輕輕握住女人的手，女人的手停了下來。她微微掀動嘴唇似乎想開口，卻沒有辦法，眼皮振動著好像想睜開，卻沒有辦法。

「別動。」男人溫柔地說。

他將女人自行李箱內小心地抱起，走進浴室，將女人放進浴缸，然後打開水龍頭，溫度盡可能調整到和體溫一致的程度，開始幫女人清洗。

男人內心的恐懼，在他緩慢且謹慎的動作中，隨著血跡的融化而逐漸被清水沖刷而去。

他沒有看見任何傷口。雖然不可思議。但真的沒有。

在漫長緩慢且仔細的清洗之下，完全赤裸的女人宛如新生般地終於有了清晰的樣貌，乾乾淨淨。她抹去眼皮上的水，眨動睫毛，抬頭望著男人。他們不約而同地開口說：

You're alright.

男人手中的蓮蓬頭還在刷刷刷地發出水流聲。

咪咪蔣在浴缸裡仰望著男人，「你看起來很疲倦。」

男人關掉了水龍頭，嘆氣，「我是很疲倦。」

咪咪蔣調整水龍頭的出水位置，然後重新把水打開，將浴缸出水孔塞緊，口中說著：「你該泡個澡。很舒服的。」

I'm too tired to do anything. 男人無言地望著不動。咪咪蔣伸出手，「來。」

男人有點錯愕，「那妳呢？」

「我陪你。」咪咪蔣取走男人手中的蓮蓬頭，再度伸出邀請的手，用對孩子說話般的口吻輕聲地說：「來。」

I'm too tired to do anything. 男人低頭瞄了一下自己的衣褲。

「管他的。」咪咪蔣發出她一貫的咯咯笑聲。

話是這麼說，男人看著咪咪蔣那副好乾淨的模樣，還是脫掉了自己腳上的皮鞋，也脫掉厚夾克，這才把手交給了咪咪蔣。他溫馴地跨進浴缸裡的溫水，兩腿斜跨在咪咪蔣兩邊，然後將背靠上邊緣，斜躺，發出深深地嘆息，閉上眼睛。

咪咪蔣縮在另一端，他們安靜地聽著水聲，等待水量逐漸上升，咪咪蔣把溫度調高，浴室中漸漸蒸出白煙。待水量高至極限時，咪咪蔣關上了水龍頭。

男人正在發出巨大的鼾聲。

咪咪蔣開始幫男人褪去他身上的衣褲，然後爬出浴缸，用洗衣精幫男人把衣服和褲子都洗過，把地上的外套和鞋子都拿到外面，放在衣櫃旁，掛進衣櫃內，取兩副衣架回進浴室將溼衣褲掛起晾著。然後她重新跨進盛滿熱水的浴缸內開始幫男人洗澡、洗頭，並且將浮滿泡沫的熱水換成乾淨的。

在這些過程中，男人一次也沒有醒來。睡得彷彿神魂已經掉進外太空似地。

能做的事都做完之後，咪咪蔣離開浴缸將自己的身體擦乾了，走出浴室，看著地上攤開的行李箱。裡面空蕩蕩的什麼也沒有。她將行李箱關上，拉到角落放置，然後坐在床沿凝視那份佇立的鮮

黃，忽然覺得這個時刻好像已經發生過了。

她無聊地又坐了一會兒，回進浴室去探水溫，發現變涼了又加熱水。如此反覆兩次，男人還是睡得跟灘爛泥一樣。爛泥巴自顧自地發出呼嚕呼嚕響聲，聽久了開始覺得有點吵。

咪咪蔣終於開始覺得不耐煩。她的溫柔很有限。

「喂。上床睡！」咪咪蔣推男人。

「呼嚕、呼嚕、呼嚕！」

「上床睡啦！」咪咪蔣又推，伸手探進水裡拔開塞子開始放水。

「呼嚕、呼嚕、呼嚕！」

「你這樣會感冒啦！」咪咪蔣推了又推，男人還是不醒，她索性開始伸手拍打男人的臉，「醒過來！醒過來！要不然我不管你囉！」

「呼嚕、呼嚕、呼嚕！」

「吵死了！」

「呼嚕、呼嚕、呼嚕……」

「可惡。」咪咪蔣瞪著，漸漸覺得很煩，又放心不下，雖然房間裡暖氣很強，但畢竟是冬天。待熱水流盡之後，咪咪蔣抓起浴巾把男人盡可能地擦乾，順便也把浴缸盡可能擦乾，然後取吹風機幫男人吹頭髮，一邊吹還一邊不時用吹風機把手咚咚咚地敲男人的頭，男人還是沒有醒。

「你該不是變成植物人了吧?!」咪咪蔣大聲地說，「要不是你打呼，我就要以為你變成植物人了！」

「呼嚕、呼嚕、呼嚕。」

「Seriously！」咪咪蔣投降地大叫，搓搓那頭乾掉以後很蓬鬆的頭髮，拿手在男人額頭上劈劈啪啪地拍打：「你睡！你睡！你睡到死為止吧你！」她終於憤憤地放棄，讓男人繼續躺回浴缸，收好吹風機，走出浴室，瞪著床上的棉被，抓起來裹在自己身上，像條胖蟲似地跺進浴室，對浴缸大聲說：「這棉被是我要蓋的！」

「呼嚕、呼嚕、呼嚕。」

「哼……」

咪咪蔣轉身走出浴室，裹在棉被裡左轉、右轉、張望一番，原地拋下了棉被去衣櫃拿出男人的夾克、兩件浴袍，進浴室，抓起另一條乾淨尚未使用過的浴巾，把這些全部或上或下地堆疊鋪蓋在男人身上，這才大功告成地大聲宣佈：「滿意了吧?!你就蓋這些當棉被吧！我已經仁至義盡！」

「呼嚕、呼嚕、呼嚕。」

「……哼，你以為只有你會睡嗎？我也是很能睡的！誰怕誰?!」轉身再度走出浴室，拉起地上的棉被裹上身，爬上床，用全身左滾右滾地將棉被往自己從頭到腳再捲得密實些。

「晚安！」咪咪蔣埋在棉被裡朝外怒氣沖沖地大喊，閉上眼睛。

其實她覺得自己精神好得很，彷彿已經睡過一萬年才醒來那樣，根本不可能睡得著。

但睡意卻在她閉眼的那一瞬間就把她完全籠罩。

儘管她自己沒有意識到，已經模模糊糊地幾乎要忘記了，但她

其實打了一場極為艱辛的仗。不管是為了拯救男人，還是修復自己。

男人沉沉地睡了。女人也是。

睡吧。戰爭還沒結束。醒來繼續。

・　◆　・　◆　・　◆　・　◆　・　◆　・

傑克終於倒了下去。

從他跛著行走的方式，我早就知道他的腳有問題了。他已經勉強了自己很久，現在終於到達極限。

但我還沒有。

「Jack, Don't fall asleep. Not yet.」我拖著他，在黑暗中以倒退的方式繼續往前邁步。後退就是前進。前進就是後退。不管怎樣，現在才是真正的重要關頭，黑暗終於有了光源，穩定地閃爍著，我們要繼續朝著那光點的呼喚而去。傑克。

「Talk to me, Jack.」我發出困難的聲音。嘴巴太乾了，很黏，「Make a sound, hum whatever you want, let me know you're here. Don't fall asleep, Jack. Stay with me.」

於是有人告訴自己：Don't stay。

於是有人請求：Stay。

於是有人說：Make a sound。

於是有人大叫：吵死了！

於是有人睡著了。

於是有人說：Don't fall asleep。

於是有人：呼嚕、呼嚕、呼嚕……

傑克在鬧區街頭握著手機，每隔一段時間就重新撥打電話。很固執。因為他已經決定了。他坐在一間服飾店的櫥窗邊，看著繼續經過的行人與車流，回想這天的過程：傍晚在餐廳外面見到女人，他坐下和這個一年前見過一面的女人攀談，但女人假裝不記得他離開了，在那之後，他竟然接到女人打來的求救電話，因此而跳上計程車，漫無目標地轉至入夜，正要放棄，卻再度接到女人傳來的簡訊，最後，他重複撥打的電話終於有人接聽了，但接電話的卻不是女人，無線通訊也會接錯線，他還真是從沒聽說，但真的接錯了，接電話的是另外兩個陌生男人。其中還有同樣叫傑克的男人在找同樣叫Sara的女人，他們還相互稍微聊了幾句，完全莫名其妙，然後對方先掛了電話。

然後……

然後他聽見了女人的聲音。很模糊，小聲，但卻是大喊出來的聲音：

Jack。Jack。

然後就沒了。傑克拼命呼喚女人，但手機另一端只有電話掛斷後的嘟嘟聲。傑克不死心地聆聽很久，都沒再傳來女人的聲音。他一直把手機貼在耳朵直到手機啟動自動省電裝置，螢幕黑去。

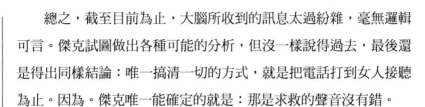

總之，截至目前為止，大腦所收到的訊息太過紛雜，毫無邏輯可言。傑克試圖做出各種可能的分析，但沒一樣說得過去，最後還是得出同樣結論：唯一搞清一切的方式，就是把電話打到女人接聽為止。因為。傑克唯一能確定的就是：那是求救的聲音沒有錯。

偶爾傑克會陷入發呆的狀態，然後又回過神來。在那當中，他走到巷子裡的便利商店幫自己買了兩瓶啤酒，回到街頭一邊喝一邊等待那個要他等待的女人，並且，繼續撥打對方的電話。

啪。啪。啪。

每隔一段時間，我就得回頭確認那光源還在，並且一次又一次地懷疑自己究竟是不是有在朝光源的方向接近。

每隔一段時間我就得稍微停下，坐下來伸直我的兩腿和腰桿休息。傑克已經累得發不出聲音了，我無法分辨他是否還清醒，只能反覆伸手去探鼻息確認他還活著。休息時，我一直握著傑克的手不敢放開，深怕一鬆手，他就會被吞入黑暗中消失不見。沒有光的時候，完全不害怕這個。有了光，恐懼又再度出現了。休息的時間不能維持太久，因為我也怕自己睡著，於是在每次差點要打瞌睡的時候又驚醒，起身繼續。身體實在太累太疼痛了。完全搞不清到底是哪裡在痛。腦袋漸漸糊塗。偶爾再回頭看去。

沒錯光源還在。

傑克在燦爛的霓虹燈下不知多少次地，固執地，撥打同樣無人接聽的電話，直到行人漸少、車流漸稀，店家都關了，傑克還是在

原地繼續。

啪。啪。啪。

Jack, Stay with me.

　·　◆　·　◆　·　◆　·　◆　·　◆　·

「哈！」

咪咪蔣忽然從裹成蛹般的棉被裡彈出來。

「哈！」她在床上跳起身，光溜溜地。

男人被嚇得差點連魂都飛了，原本正湊到嘴邊要喝的啤酒，瓶口隨著他的渾身一陣而猛力往上戳中他的鼻子。

「哈哈哈哈哈哈哈！」咪咪蔣滾倒在床上笑得樂不可支，坐在角落的男人則沒好氣地揉揉鼻子，「妳是怎樣？三歲嗎？」

咪咪蔣大笑著把自己裹回棉被裡，笑夠了便又掀開棉被重新再來一次，從床上彈跳起來，「哈！哈！哈！」她在那其實並不是那麼高級有彈性的彈簧床上每叫一次就跳一次。

男人不禁抬眼瞪一下天花板，「小心頭。」

「哈！哈！哈！」咪咪蔣還在跳。

男人抓抓脖子，重新靠回椅背，兩腿伸直了交叉，將酒瓶湊到嘴巴。他赤裸著胸膛，下半身圍著浴袍，一面喝酒一面望著眼前光溜溜的女人，隨著女人的上下跳躍，兩個乳頭、臉頰的肉、以及全

身不夠結實的鬆軟部分都跟著上下晃動。唯獨就那頭狗啃的短髮釘得很穩。

這一切都跟他想像的完全不一樣。

原本。

當他在浴缸裡醒來，發現床上沉睡的女人之後，男人從冰箱拿出啤酒打開來，將燈關熄，並且在角落坐下。他一面靜靜喝著啤酒一面判斷著自己可不可以爬上那張床。他腦袋裡有火熱的想像、浪漫的想像、也有溫柔的想像，就是沒有現在這個滑稽的畫面。

「哈！哈！哈！」咪咪蔣還在跳。

「哈哈哈。」男人發出這樣的聲音，不是笑聲，是很平板沒好氣的無奈附和。

「哈！哈！哈！」

「妳到底是要跳多久？」

「哈哈哈哈哈哈哈哈！」咪咪蔣又大笑了起來，軟了腿滾倒在床上。她想起男人剛剛被她嚇壞的模樣，再度樂不可支。

男人看她在床上滾來滾去的模樣，忍不住也好笑起來。咪咪蔣邊笑邊抓起一個枕頭朝男人拋去，男人一手接住了，放下啤酒，興致整個被挑起，拿著枕頭也跳上床去；咪咪蔣見機很快，立刻又抓起另外一個枕頭朝男人開始打，男人一邊閃一邊用自己的枕頭反擊，與此同時他自己腦袋裡卻不禁對自己說：我是怎樣？三歲嗎？

咪咪蔣開始用兩腳去踢推男人。男人圍在腰際的浴巾很快就掉落了，露出勃起的生殖器。咪咪蔣發出「啊」的一聲拿枕頭埋在自己臉上咯咯笑。

　　男人拋開自己的枕頭，壓到女人身上，抱住她滾著要閃的身體。總之。勃起也是沒辦法的事。畢竟面對一個全身光溜溜的女人。

　　在這之前，他從來沒有跟任何女人第一次見面就上床。不太知道怎麼做，也有種沒安全感。

　　在這之後，他很能放得開了。

　　接下來一個禮拜，除了男人出門去買食物之以外，他們窩在旅館房間裡哪裡也沒去。他們很少聊天，大部分的時候都躺在床上吃東西、看電視、睡著、做愛。兩人都數不清到底做了多少次也不在乎。男人很驚訝自己居然有這麼多精力。近半年來他已經很少做愛了。不太有興致。男人以為是年紀的關係。但顯然不是。

　　最後一天晚上，男人自睡夢中醒來時，發現女人不在身邊，他在電視機的光線中，瞥見女人縮在角落的椅子上，環抱兩腿膝蓋地看他，依然是全身赤裸。

　　「怎麼了？」男人在床上坐起身。

　　咪咪蔣沒說話，把臉埋進臂彎中。

　　「妳還好吧？」男人又問。

　　咪咪蔣抬起頭，說：「怎麼辦？」

　　「什麼怎麼辦？」

　　「我覺得，」她說，「我好像待錯地方了，好像有什麼地方搞

錯了。」

男人不知怎麼回應。他以為女人是瘋瘋耍賴的傢伙不會在乎那一切的。事情的開始本來就不合邏輯，他從來沒有問女人他所不明白的部分，也懶得對女人解釋他所看到的那些。他過去在枷鎖裡盡本分地努力太久，現在自由了，只想要什麼都不管。

「有關係嗎？」男人問。

「沒有關係，」咪咪蔣說，「只除了……」她猶豫地閉上了嘴巴。

「什麼？」

「沒什麼。」

很好。男人不再追問。他不是真心想知道。

咪咪蔣把兩腳放下，起身離開角落走進浴室，浴室燈光被打開，男人躺回床上瞪著天花板的老舊油漆，覺得有點不放心，於是下床也走進浴室，順便尿尿。

咪咪蔣站在鏡子前面盯著自己，兩手在頭上抓來抓去。

「我要來把頭髮留長。」她說。

「現在這樣其實滿好的。」男人說。但事實上他無所謂，根本不關他的事。

「我要把頭髮留長。」咪咪蔣再次肯定地說，「我要長長的頭髮。」

男人尿完尿按了沖水把手，洗了手走出浴室。

他不想參與女人的任何決定。

冰箱裡擺著一打下午剛買的啤酒，男人取出一瓶打開來喝。咪

咪蔣也走來，在旁邊仰頭盯著他，忽然伸手將啤酒底部一掀，瓶口撞到了男人的牙齒，也流出些許。咪咪蔣咯咯笑了，男人卻皺起眉頭。他對這些遊戲開始厭倦了。進浴室抓毛巾邊擦下巴邊走出來，「妳真的很欠揍。」

「所以呢？」咪咪蔣笑嘻嘻地兩手在身後互握，挺立赤裸的胸膛挑釁地望著他。

「所以？」男人微笑了。

他原本是循規蹈矩的男人。他只想做對的事。但人生不是那麼走的。光是那樣是不夠的。他現在知道了。那不會為他帶來幸福。

像女人這樣不是很爽嗎？

男人微笑地將酒瓶舉高至女人頭頂，作勢欲倒。

咪咪蔣不為所動。男人覺得無趣了，放下酒瓶湊回自己的口中喝。

「切。」咪咪蔣從他手中取走啤酒，也喝了幾口，然後將瓶子舉到男人頭上開始倒灌。

男人閉著眼皮以免酒精流進眼睛，直到那一整瓶啤酒倒精光以後，聽見女人把玻璃瓶放到桌上的聲音，男人才睜開雙眼，從鼻孔裡噴出一點酒水，抹抹臉，笑問：「好玩嗎？」

「好玩。」

「夠了嗎？」

咪咪蔣聳聳肩，取出另一瓶未開的啤酒，一手拿起開罐器，故作考慮狀地歪著頭，斜睨著男人那張濕淋淋的臉。

男人取過咪咪蔣手上那瓶啤酒打開，「妳知道，我一直覺得很

奇怪，為什麼所有故事裡面都是女人在玩小遊戲、耍任性，男人則負責包容寵膩。為什麼每次都是女人把水潑到男人臉上？」他說完挑戰地盯著咪咪蔣。

咪咪蔣點點頭，「真的，為什麼噢。」

「就是呀，為什麼噢。」男人說著將那瓶啤酒提到咪咪蔣頭上開始倒灌。咪咪蔣咯咯笑了起來。

Having fun?

No.

男人嘆氣，放下了酒瓶，抓起毛巾開始幫咪咪蔣擦臉，「一點滿足感也沒有，也不享受，而且妳看，我現在還是忍不住想幫妳擦臉。雖然明明覺得沒必要，但就是會覺得不忍心。可見男人是比較善良的生物。」那隻大手掌隔著毛巾在咪咪蔣臉上搓來搓去，幾乎要把咪咪蔣的臉鼻給壓歪，咪咪蔣口齒不清地咕噥地抗議：「跟那個沒有關係……這要用水洗啦，要不然乾掉以後還是黏黏的……這樣夠了啦……喂…嗚…」但男人的手壓在她的口鼻上不再移動，隔著毛巾，用力摀住她的口鼻，咪咪蔣有點呼吸困難，想要將臉移開，男人用另一隻手緊緊壓上她的後腦杓，還在繼續說著：「所有分手的戲碼都可以讓女人亂七八糟地打男人，但男人只要敢稍微動手他就該死，為什麼呢？嗯？為什麼？」

咪咪蔣在無法呼吸的狀態中，先是用兩手握住男人手腕試圖將其移開，同時兩腿開始踢打男人，接著兩手開始亂抓男人的臉、頭髮，並且試圖用膝蓋去攻擊男人的生殖器，但兩人距離太近了，她非但沒有成功，瞬間就被男人整個壓到地上，男人坐騎到她身上，

伸直了壓住女人臉的那隻手臂。揮舞的雙掌再也搆不著男人的臉，只能無用地在他的手臂上抓出爪痕。

「夠了嗎？好玩嗎？」男人說。

好玩嗎？

女人心想。

這真的只是一場遊戲嗎？

如果是，真的可以說玩就玩嗎？真的可以不想玩就不要玩嗎？

如果不是。那這是什麼？

女人緊繃的身體漸漸放鬆，不再掙扎。

男人掌底下的毛巾被醞上新的濕濕痕跡。那不是酒精。

她哭了。男人意識到。但眼淚是很廉價的，而且那說不定只是眼球被酒精刺激到的本能生理反應，跟情緒無關。這裡沒有任何目擊者，沒有人知道她在這裡，只要我不移開我的手，女人就會這樣死掉。她自己先放棄了掙扎。她自己先放棄的。只要我不動，女人就會這樣死掉。

男人在寂靜中溫存著那一絲絲奇異權力。

沒有關係。

女人心想。

反正，我已經死過很多次了。

女人的意識逐漸模糊。

男人聽見自己的聲音在說：Let go.但那不是他。那不知道是誰

他不認識。他的嘴巴緊閉著，牙根緊咬著，他沒有開口沒有發出聲音。那不是他。

男人終於發出了聲音，花了很大的力氣從遙遠的幾乎要失去的意識邊緣，終於，自黑暗中發出了聲音：

「Let go.」

但那很可能只是我的幻聽。我可以感覺到我的意識開始模糊了。儘管身體還在移動。兩腿自動自發地，一步，再一步。

「Let go.」黑暗再度傳來聲音，是傑克在說話沒有錯。他終於醒了。他在黑暗中虛弱低語：「Sarah...Let go...」

「No。」我繼續拖著他往出口的方向而去。

可是這沒有道理。一點都沒有。女人立在夜色中掩住自己的臉面，長髮垂掛在兩邊。

男人伸手抓住她的手腕，將她兩手扳開，「要試試看嗎？」他說，「我們試試看。來。」他拉著女人大步推門跨進小木屋，走進浴室，打開抽屜，拿出一把剪刀和一支邊緣鋒利的高級復古剃刀，他把剪刀塞進女人手裡。

「我⋯⋯」女人驚異地瞪著他。

「別想。做了就知道。」男人說。

女人緊緊握著剪刀。

「來。我們一起。」男人將兩頰與下巴塗滿厚厚的白霜，舉起了剃刀。

女人另一手抓起了自己的長髮，喀，喳。

男人笑了。但女人還在緊張。

兩人先是看著彼此，一個刮鬍子一個剪長髮，接著先後看向鏡子。鏡子不大，他們得擠著臉湊得很近，一個繼續刮，一個繼續剪。

那一頭長髮，女人留了很多年；就像那半臉落腮鬍，男人也珍惜了很久很久。現在他們一起割除一切，很快地，讓那些頭髮和鬍子離開自己。柔軟的黑絲和黏滿白霜的鬚，紛紛掉落在流理台上、他們的手臂、他們的腳邊。

然後他們變成了另外兩個人。

這只是一個試驗。對自己也對彼此的。女人的短髮不太整齊，男人的鬍渣有點亂七八糟。

「如何？感覺有改變嗎？」男人問。

「有。」女人回答。她覺得男人看起來極為陌生。

不過，本來就還算陌生。

但同時卻又很熟悉。

女人無法解釋。男人也是。但男人很明白，雖然無法用言語解釋，他很明白。他在鏡子裡的雙眼凝視著女人的雙眼，從那裡面看見退怯，於是在女人轉身之際就回頭拉住了她。

女人甩開男人的手，男人重新抓住女人，這回用兩手握住女人的兩邊臂膀。

為什麼變成爭戰？為什麼變成拉鋸？他們到底在對抗什麼？

女人試圖用全身的力氣想要再度甩開，但是男人的雙手像鐵箍似地緊緊拴住了她。她逃不走。

男人力氣比女人大。這是先天的不公平。

這就是為什麼。

男人鬆開了手。

毛巾底下的咪咪蔣瞬間本能地大口吸進差點要消失的空氣。她抓開臉上的毛巾，發出嗆咳聲。

這就是為什麼總是男人不敢動手。因為在大部分的情況下，他擁有絕對的致勝高點，所以不能輕易出手。

在大部分的情況下。

‧　◆　‧　◆　‧　◆　‧　◆　‧　◆　‧

女人像逃命般地奔出了小木屋。

女人離開之後，男人便看見了彼此。

他走出浴室看見了他，他起身看見他走出浴室。

他臉上有著新刮不整、或者好幾天沒刮的亂鬍渣。

你是誰？

他驚訝地問。同時覺得對方很眼熟。

這裡是我家。

不。這裡只是一間陌生的旅館。

不。這裡是我家。你必須離開。

這裡只是一間陌生的旅館，你是怎麼進來的？

她人呢？

我不在乎。

男人瞪視著彼此，忽然湧現強烈的憤怒。他們其中一個手上握著一把剃刀。

給我滾。

不！

不要找藉口。

· ✦ · ✦ · ✦ · ✦ · ✦ ·

分手的時候女人幾乎總是有太多話要說。

男人幾乎總是無話可說。

幾乎。

我們以為是這樣。但其實不是。事實上。

分手的時候想挽留的那個總是有太多話要說，想離開的那個總是無話可說。事實上是這樣。跟男人女人無關。只是人罷了。

然而也有很多時候，想說的話是無法說出口的；也有很多時候根本無話可說。

然後不管是哪個都會有傷口留下。切口佈滿全身，鮮血熱騰騰地噴發，滾過應當埋葬的記憶。

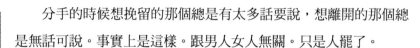

那棟森林裡的木屋原本是男人的朋友的。朋友放棄隱居的生活之後將屋子以半送的價格賣給了男人。男人其實不常來，那對他來說比較像是渡假小屋，或者避難所。木屋其實不小，兩層樓，包含了開放式的廚房兼餐廳、三間臥房、兩間廁所、一個書房以及一間很大的儲藏室。男人之所以帶女人來這裡，純粹只是因為順路。

女人在路上買了簡單的衣物和基本盥洗用具，男人憑經驗為兩人買了將近一個禮拜的食糧，白色廂型車的輪子穿入森林道路，輪胎在泥土和小石上輾出唧哩唧哩的好聽聲響，偶爾樹葉和細枝刮過窗玻璃，濕氣隨著他們的前進變深。

女人搖下車窗，將頭斜斜半擱在外。有著斜屋頂的小木屋像是彈跳似地在某個轉彎忽然映入眼簾。女人笑了。

你的嗎？女人問。

我的。男人回答。

進小木屋之後，確認過男人習慣睡一樓的客房，女人於是選了

二樓的主臥室下榻。每天早上起床，用過早餐之後，男人會先去附近游泳，然後開始進行永遠做不完的房屋修繕工程。每次來都有舊的部分要修補，新的部分待建，水管要清、屋頂該修、窗戶得洗。一天很快就過去了。女人在這段期間則自動地分擔每日三餐和基本家務，其他時間都窩在男人書房裡將那些他看過的書一本又一本地讀下去，偶爾，到森林去閒晃。不過除非有男人陪伴，否則她總不會走太遠，森林是很容易迷路的。

　　一個禮拜以來他們過著相敬如賓的生活。男人覺得女人有意躲他。放鬆點。他很想跟女人這麼說。就當渡假呀。不過他沒說。因為點破了反而奇怪。反正一切都很舒服。他們有時候一起吃飯，有時候分開，女人做完了餐點從不會特地去叫他吃飯。有時她自己做完了也不是立刻想吃。總之食物上桌了擺著，在爐子上溫著，肚子餓的人便去吃。

　　每個夜晚，男人躺在自己房間裡都想要上樓爬進另一張床。但他不敢。

　　女人躺在床上，隨著每個夜晚的過去，越來越覺得這一切很荒謬可笑。

　　他們決定了。他們一起來到這裡。但是沒有人知道該如何開始。為什麼？

　　終於有天晚上男人說：「嘿，妳知道吧？我在等妳。」

　　他希望他會聽見女人回答：我也在等你。

　　但女人卻裝傻，「嗯？等什麼？」

　　「妳。」

「我怎麼了？」

「對，妳怎麼了？」

「沒什麼呀，」女人說，「我在放鬆。」

男人凝視了女人一會，他們隔著餐桌坐著互看，女人忽然起身將盤子一推，「我吃飽了。」離開廚房走出小木屋。

男人坐在原地對著餐盤失笑，暫時沒動。他不擔心，他知道女人不敢夜裡獨自走進森林。他不知道女人面對的是她自己原本預期之外的波濤。

她很緊張。從抵達木屋的第一天就開始緊張了。女人自己也覺得很困惑，之前不是還好好的？很坦然很隨性？她以為自己已經準備好放手一切隨波逐流，告別的時候還覺得好輕鬆，中間的車程舒服愉快得彷彿渡假，但為什麼真的來到這裡之後，停止移動了，卻開始緊張了？

每當男人靠近女人的時候，她的皮膚就震顫。那震顫像電流般地從表皮一直往內傳導，滲透到很深的地方，隨時間慢慢累積出別的東西。她一天比一天更加體會到，和一開始的時候不一樣了，這裡已經不是那間暫且休憩、隨時可走的公路餐廳。

女人在屋外盯著樹葉。她渾身又發出震顫，因為男人推門來到了她身邊。

「I think you're mine.」男人發出女人心裡的聲音。

可是這一點道理都沒有。女人在夜色中拿手蓋住自己的臉。才認識幾天而已。她不禁低語：「Shut up!」她放開手直視男人的雙眼，「這只是幻覺。只是化學效應。只是剛好你長這樣、我長這

樣，我很合你的胃口、你是我喜歡的類型。」女人知道自己在說謊，那一臉鬍子才不是女人喜歡的類型、身高太高、打扮太鄉村；森林小木屋也不是她的風格。她每天都覺得蚊子多到令人厭煩。

男人不知道女人在說謊，只是覺得被打擊，他的心正在受挫，而女人還在說：「等著看吧。再給它一個月就會噗地不見，這些感覺。你會忽然覺得我很陌生，我會覺得自己好像在一個搞錯的故事裡。一切都是假的。不要相信你的眼睛。」

也許女人是對的。男人看著對方。也許。但只是也許。都已經來到這裡了啊！

「要試試看嗎？」失敗就失敗，有什麼大不了，「來，我們來試試看。」他抓起女人的手腕大步走進屋內，到浴室，拿出剃刀和剪刀，把剪刀交給女人，然後剃光了自己的鬍子。

如何？他們用嶄新的目光看著面前的陌生人。

宛如終於抵達海邊懸崖般地，浪潮更巨大了。撞擊出來的水花將他們潑得滿身溼。有些狼狽、有些心驚。

怎麼會是這樣？怎麼會搞得好像要不要往下跳那麼嚴重的一件事？一個簡單的步伐為什麼會變那麼大？男人瞪著女人。看不清究竟是因為對方還是自己。

於是女人想逃，男人抓了兩次，女人還是逃了。

她奔入森林跪在一棵樹下，不知自己究竟是為何而哭。

男人想追，卻被另外一個男人擋住了去路。

他忽然覺得很火大。非常、非常火大。

他人還站在浴室裡，在門邊，只一步就跨出去。但門外卻站了

一個陌生男人，非但光著身子，而且身後是另一個完全陌生的房間。陌生人一副正要上廁所卻被男人擋住了似地，在看到手持剃刀的男人那一瞬間，驚訝的表情滑過臉龐，旋即嫌麻煩似地稍微皺起眉頭，還帶著漫不經心的懶散神態。

男人不需要認識對方就能猜到，這種人平常的口頭禪就是：「隨便。」他受夠了。他最受不了這種男人，看起來很灑脫或者隨和，其實完全就是猻種。這種傢伙居然闖進自己的房子、自己的家、自己的地盤，還說這裡只是陌生的旅館房間?!他媽的給我滾！每次來都要修理一堆壞掉的東西，肯定這傢伙要負起至少一半責任！趁我不在的時候你都給我搞了什麼?!你他媽的給我滾！

他緊緊捏著手中的剃刀，一個字一個字地從齒縫迸出最後警告：「這、裡、是、我、的、房、子。」

沒穿衣服的男人放棄似地聳聳肩，他現在只想上廁所，於是跨進浴室用肩膀頂開男人，逕自走到馬桶前面；這浴室明明不是原本的長相，他也不是很在乎；他剛剛差點悶死一個女人，現在什麼都不在乎。手握剃刀的男人一副煞有介事的嚴重模樣對他來說只覺得很可笑，於是，儘管他可以完全不爭辯不理會，但一邊尿著，還是忍不住轉頭打了很大的哈欠並且說：「What ever.」

到此為止。男人衝過去按住男人的頭往馬桶蓄水箱撞。男人抓起蓄水箱的磁蓋朝男人臉上揮。他們從浴室打出客廳。男人和男人的身高相仿、力氣同樣，反應的敏捷度也不相上下，打起來勢均力敵，但其中一人手上有剃刀，而且火氣大得多。更何況，他們一個是為了自衛才攻擊，另一個卻是為了毀滅。

倒下的是誰再清楚不過。那一絲不掛的身體佈滿剃刀刮痕。直到對方倒下，男人趴到對方身上還繼續用剃刀一次又一次狠狠地刮對方的臉，直到血肉糢糊。

到此為止。男人終於放開了剃刀在男人身旁躺下，喘氣，瞪著天花板。

Let go. 有人在說。

Shut up. 有人在說。

這裡不是你家。有人在說。

有人，從外面，從裡面，從角落他所看不見的地方，掙脫般地發出了野獸般的嚎叫。雖然屋內明明沒人開口。

女人在森林邊緣聽見了。她渾身一震地抬起頭來，卻看見另一個女人，赤裸裸地站在星光下、樹葉影子下、她面前。

咪咪蔣已經兩番死裡逃生。

不過她自己覺得可能已有千番。或者至少八番。傳說貓有九條命。她已經用掉了八條。

總之無論她的感覺如何，實際上是兩回。死裡逃生。兩回都是因為同一個陌生男人而差點沒命又活了下來。而她連對方叫什麼名字都不知道。咪咪蔣一邊嗆咳一邊大口吸氣，從地上連翻帶滾地爬起來，推開男人，推開旅館房門往外跑，跑進了森林才慢下腳步，夢遊似地穿梭在林葉間。然後，聽見了女人的哭泣聲。

尋聲而去，立在女人面前，女人在這時候剛好抬起了頭。

鑲滿無數星光的夜空覆蓋在森林上方，和所有的樹葉、枝幹、

青草、小蟲以及冬季末端的告別一起呼吸著。

「妳還好吧？」咪咪蔣問。

女人蹲在地上，仰望著面前那副赤裸的坦然模樣，覺得自己彷彿遇見了天使，她微微一笑，「是的我很好。妳是誰？怎麼會在這裡？」

咪咪蔣臉上出現困惑茫然的神情，「我不確定。我想，我在一個錯誤的地方或是錯誤的時間，不知怎麼地，好像有什麼部分搞錯了。我想，我不屬於這裡。」

原來是個迷路的天使。女人的微笑加深了，她起身看著咪咪蔣，很溫柔地問：「我可以幫妳什麼嗎？」

女人不哭了，咪咪蔣卻忽然紅了眼眶。

她覺得自己好像差點死掉很多回，雖然畢竟都還是好好活下來了，卻直到此刻，才有被拯救的感覺。

「好啊。」咪咪蔣哽咽地說，「請妳幫我。」

於是女人把手伸給咪咪蔣。

於是咪咪蔣把手放進了女人的手心。

於是女人牽著咪咪蔣，像牽著一個孩子般地開始走。

事實上，她有點忐忑。她剛才胡亂瞎奔，早就迷失了方向。她不太確定自己有沒有辦法把咪咪蔣帶回小木屋。不過她不能流洩自己的忐忑，免得身邊的那個害怕。

而且。

她現在手裡牽著一個天使，還有什麼好怕的呢？

於是在隱約知道自己迷失了方向，但繼續領個另一個往前的過

程，女人聽見了森林裡各式各樣的聲音。她向前所踩出的每一步，都發芽。

所有的星星都下墜了。

她們穿出森林，抵達另一端，一個聽見了浪潮聲，一個聽見穩穩緩緩的水波聲。

她們說，現在好像很適合游泳。

她們笑了。

她們一個踏過岩石，一個踩過細砂，她們一起進入水中，她們問：現在還很黑，我不能看得很清楚。妳會怕嗎？我該握著妳還是放開手？

她們又笑了。

我害怕。

但是不放開怎麼游？

於是她們笑笑地鬆開了手，把整個身體都交給了活著的水。

男人死了。

男人活了下來。

男人拖著男人的屍體，將其塞進一個鮮黃色的行李箱，在那過程當中，喀喀喀地，用力折斷屍體的關節。

男人拖著行李箱走出那間陌生的房子，踏入熟悉的森林，尋找適合的地點，隨著蜿蜒的小徑穿過重重樹林，忽然隱約聽見窸窸窣

窣的聲音，於是停下腳步，過不久，男人看見女人在離他三公尺遠處，自灌木叢間踏步而出。女人渾身赤裸，並沒有察覺男人的存在，目光直視，逕自悠悠走著，往森林更深處而去。

男人在完全看不見女人之後，為了保險起見又安靜不動了一陣子，接著才避開女人前進的方向，離開小路穿入樹林，沈重的行李箱在崎嶇不平、佈滿灌木叢和樹幹的空間很難拖行，還會製造出不必要的聲響，男人硬拖了一陣子，最後乾脆將整個行李箱扛到肩膀上。他在昏暗中小心地踏步前進，來到一小片空地，放下行李箱鬆轉肩膀稍微休息一下，踩了踩腳下的土壤，尋找最柔軟的部分，然後蹲下開始用雙手掘土。他的指甲會漸漸碎裂，但他不會發現，因為他原本就已渾身是傷，而那些鮮血也早就不只沾滿他的雙手。

隨著土穴往下掘深，男人趴在上面的姿態也不得不變成站到裡面，穴深至大腿處時，男人爬出，把行李箱打開，倒出扭曲的僵硬屍體，然後把空行李箱推入穴中，繼續掘土，將土石都撥進行李箱，滿了便關上行李箱爬出去，拖出行李箱，倒出土石，再將空廂推進空穴，跳進去繼續將土石挖到行李箱內，如此反覆。

他原本只打算草草掩埋，卻不知不覺越挖越深。到最後每次裝滿的行李箱，得要兩手像舉重般地高高抬起才能推出穴外，男人在那姿勢的高度和他的力氣都抵達極限後才停止挖掘，將屍體扔進洞內，開始將所有剛才挖出來的土石都再重新填回去，最後，多出來的土石就盡量均勻地遍灑各處，然後拉著行李箱在那一小塊空地上到處走來走去踏來踏去，直到平均高度差不多為止。

大功告成後，他稍微走開了些，在一棵樹底靠著樹幹坐下了，

拍拍身旁的鮮黃色行李箱，彷彿拍拍一個老夥伴的肩膀似地，他們一起心滿意足地看著那塊剛剛經過挖掘的鬆土區。

「腐爛之後，會長出好東西吧？」男人喃喃地說給身旁的夥伴聽。

鮮黃色的行李箱已經不太像是鮮黃色了，其實。沾著污泥、血跡，表皮已被樹枝刮出好幾些花痕，髒兮兮的輪胎也有些歪斜。它佇立在男人身旁，雖然沒有發出聲音，但沉默卻顯得很像附和。

男人微笑。彷彿聽見了那附和。他很輕地點點頭，又伸手去拍夥伴的肩膀，並且停留在那肩膀上。

「不知會長出什麼好東西……」男人的目光扎根似地停留在那塊埋著陌生人的土壤，直到模糊，消失，他的脖子漸漸低垂，覆在夥伴肩膀上的手掌忽然往下一落，掉落身旁。

行走能力已經有問題的行李箱，在森林中安靜地佇立在男人身旁不動，它聽著鳥鳴清悅地劃過樹林，感覺表皮的溫度逐漸改變。它裡面空蕩蕩的，卻同時沾染男人和女人的血。行李箱在森林的呼吸中聞著自己體內和表皮的血、陳舊與新鮮的氣味。

光和葉影點點落在它的身上，越來越清晰。天漸漸亮了。

雖然相貌既污穢又斑駁，但行李箱還是有些地方在光中折射出原有的顏色，宛如記憶同時被一層又一層地覆蓋與洗刷，經過轉折的時空後所殘留下來的精華，星點般散印在它身上，雖然分量很少，卻比太陽本身還要豔麗。

回家吧

傑克不確定自己到底是張著眼睛還是閉著。因為沒有差別。

他無法動彈，但在模糊著意識中可以感覺到自己的身體被拖著移動。因為另一個不願放棄，所以這一個也不能。

傑克並沒有真的相信他們能夠離開黑暗。但他必須，至少，得要撐到另一個倒下為止。於是他努力保持清醒，運轉著腦袋以免自己完全去意識。他試圖讓自己不斷回想並且記住在黑暗中曾經誕生過的一切。

他記得黑暗曾說黑暗剛開始的時候以為他是一只行李箱。

被外星人遺留在地球的多功能地球風行李箱。

吱吱送給喳喳的行李箱。

後來呢？傑克試圖回想。喳喳到底為什麼會把行李箱忘記帶走呢？

試圖慢慢回想。

在黑暗中誕生的故事不只一則。

話說，吱吱是個超級地球迷，有個好友叫喳喳。

關於地球……

喳喳雖然不到「迷」的程度，但對星際旅行、對於地球，其實也確實嚮往了很久。

地球距離他們的星球相當相當遙遠，在星際旅行的類型中，前往地球被歸類為最遙遠的航行項目。喳喳的積蓄頗豐，但吱吱的經濟能力卻向來不怎麼樣；這昂貴的地球之旅，吱吱就算把自己賣了也付不起，於是在喳喳即將出發前，吱吱把所有存款拿去買了一個多功能地球風行李箱，送給喳喳。而喳喳在地球觀光的時間裡，什麼也沒有為自己購買，卻收集了各式各樣的地球紀念品裝進行李箱要帶回去送給好友。這樣一個行李箱，卻被喳喳留在地球了。

究竟為什麼呢？

喳喳最後一次對行李箱的記憶，是在某個亞洲城市的某個鬧區。因為實在去過太多地方了，所以很多時間地點的先後發生順序已經混亂，什麼情境究竟是發生在哪個場域也變得模糊。喳喳覺得那好像是台北的士林夜市或者大阪的難波，其中一個。應該吧。總之有大街也有很多小巷，走起來好像是格子狀的布局但其實不是，比較像歪斜的蜘蛛網，有些小巷很明亮，有些小巷比較蕭條，還有的小巷根本狹窄得宛如門縫，一進去就充滿油煙和強烈的食物香氣，兩邊都是一間又一間燒烤店，彷彿在比賽誰更迷你似地小小店家，每家都坐著吃肉喝酒大聲交談的客人，相當熱鬧；大路上當然掛滿花花綠綠的招牌、霓虹燈，各式各樣的人類擠著川流，大多是亞洲人，還有人在明明不算寬廣的路與路交叉口，當作是廣場地進行著喳喳看不明白的活動。

喳喳拉著行李箱，一面咬著路邊買的章魚燒一面停停走走地四處閒晃。地球上大部分的旅館或飯店，退房時間都是中午甚至更早，喳喳當時住的那間也不例外，距離集合出發離開地球的時間還有好幾個小時，導遊建議大家先把行李都寄放在旅館，然後晚上十點再於飯店集合啟程。大家當然都這麼做了。除了喳喳。在這趟旅程中，除非真的沒辦法，否則行李箱都四處跟著喳喳走，行李箱的外殼上附有衛星錄像裝置，喳喳除了睡覺以外都把開關打開，永遠設定在即時攝影的狀態，因為，吱吱總在另一端看著。那只有一個小點幾乎很難察覺的錄像器，等於吱吱的眼睛。

雖然這是犯法的。要是被發現，喳喳要面對的不只罰款、未來星際旅遊的資格限制，還會被抓去多卡羅區處理多多蟲的大便。

多多蟲是他們星球上社會地位相當高的種族，具有極為進化的生理功能，但卻有致命的缺點，就是排泄物很難處理。幾乎不會腐爛的有毒排泄物堆積久了，數量很快就變成社會與自然的沈重負擔，於是多多蟲們自己發明出一套精密優良的處理過程，能將他們所有的排泄物轉化為可用資源。那處理過程雖然精密優良，但多多蟲們自己誰也不願意親身去操作，就連比多多蟲低階更多更多的其他種族也沒有半個願意，最後，就成為輕刑罪犯的勞作選項之一。

總之，儘管如此，面對這樣被發現的可能性與重罰，喳喳還是偷偷將錄像器開啟了。

外星人的錄像器是很高明的。那不僅僅只能接受視覺和聽覺的部分而已，還能接收空氣質地和溫度等等，相當於嗅覺和觸覺。

難道這就是吱吱掏光存款買來這只行李箱送給喳喳的原因嗎？

喳喳在收到行李箱，仔細確認過各項功能後曾經如此懷疑。

然而一直到喳喳出發當天、站上停機坪和吱吱隔著玻璃揮手道別、轉身走進太空艙聽見門關上，吱吱始終沒有對喳喳提過半句要求、連一點點暗示都沒有。

當然喳喳自己也不是沒有猶豫。然而吱吱隔著停機坪玻璃揮手送別的神情，在喳喳腦中揮之不去。那份渴望、羨慕，以及衷心的喜悅和期待。吱吱看起來真的好開心好開心。明明出發的不是自己，但吱吱笑得無比燦爛。那笑容裡甚至有深深的感激。

太棒了！至少我們兩個其中一個能去了！終於！

You go! Go live our dream! Thank you!

這對喳喳來說變成很大的負擔，沒有必要的內疚。喳喳跟吱吱不一樣。喳喳從來就稱不上是地球「迷」。當然對旅程是期待的，但真的沒到吱吱那個程度。能夠成行的之所以是喳喳而不是吱吱，純粹就只不過是經濟能力差異罷了。

吱吱是一輩子不可能了。而喳喳估計自己之後也不會再有這把錢進行第二趟地球之旅。就算再有那個錢也八成不會有現在的體能，來承受最遠距離的星際航程和地球上最令他們頭大的地心引力。未來如果更有錢了，喳喳寧可拿去買房子。這次已經是狠心用了三分之一的存款，距離買房計畫倒退了好多步。

總之，在抵達地球前，面對著宇宙的深邃黑無、星群的奇異美麗，其他遊客都在喝香檳跳舞交朋友計畫地球之旅，喳喳卻一點心思也沒有，滿腦子都是吱吱大力揮手笑說掰掰的模樣。

喳喳非但一點都開心不起來，甚至隨著地球逐漸接近而開始悲

傷。

　　行李箱的錄像接收器附帶著一根小小的金針，放在一個小小的密封盒裡。抵達地球的第一天，喳喳就把那迷你小盒放進星郵專件盒，用只有吱吱才會知道的密碼鎖上，託導遊快遞寄回去給故鄉的吱吱，並且打電話要吱吱收到郵件以後捎來訊息。

　　於是，遙遠遙遠、千萬光年之外的吱吱，在喳喳出發後的第三天收到郵件，然後從第四天開始跟公司請了長假，接著每天在自己的房間裡，和喳喳同樣的時間起床、同樣的時間上床，除了睡覺以外，吱吱都把那根金針插進自己的腦袋，然後吱吱就等於化成了那只行李箱，和喳喳一起在地球各式各樣的地方觀光。除了食物以外，吱吱不能跟著喳喳一起體驗的就是運動類的行程。比方游泳、潛水、高空彈跳。

　　要把一只行李箱到處拖來拖去，不僅喳喳自己會比較累，對其他同團的遊客來說也是很困擾麻煩的，導遊那邊用一大筆錢打發了，接下來喳喳只能動不動就請大家吃飯來稍微減緩抱怨。

　　在那段時間裡，吱吱和喳喳一共通過三次電話。第一次就是吱吱拿到到接收器以後，喳喳說接下來都會把錄像器打開。

　　第二次只是再確認一下吱吱的接收沒有問題，喳喳的偷偷錄影也沒有被發現，行李箱沒有製造太多麻煩。其他各自想和對方分享的，都先擺著等整個旅途結束再說。

　　由於星際通話所費不貲，所以兩次對話都很簡短。

　　在旅館的最後一個夜晚，喳喳對著行李箱，逼逼撥撥地用腦袋打電話。

吱吱聽到電話鈴聲，打開腦袋裡的另一個通話系統；由於行李箱的錄像接收器還插在腦袋裡，於是兩邊都打開的狀態下，吱吱彷彿以行李箱本身在旅館房間裡似地和喳喳面對面說話。

　　「嘿。」

　　「嘿嘿。」

　　「快結束了。」

　　「是啊。」

　　吱吱發出一聲嘆息，然後睜開了實體的雙眼。

　　於是兩個世界重疊了。同時身處在故鄉星球自己家裡，也處在遙遠地球某間旅館裡，身體可以感覺到椅子、手裡可以感覺到正在握住的杯子，嗅覺可以聞到自己房間裡清潔劑的味道，但其中卻同時參雜著地球某間旅館裡的潮氣。眼前所見是喳喳的臉、身體、旅館的椅子、檯燈、牆壁、窗簾、窗外的地球建築物，一切的一切都和自己房間裡的景物重疊著。

　　每當這樣把雙眼睜開的時候，吱吱就會覺得很分裂。很快就頭暈。但現在必須暫時將眼睛一直打開著。在暈眩中，吱吱必須做出決定。因為那分裂不只來自於腦神經。

　　只剩一天。

　　•　　◆　　•　　◆　　•　　◆　　•　　◆　　•　　◆　　•

　　傑克已不再發出任何聲音。

　　我也是。

在拖著兩個身體的重量繼續邁步的同時，我努力在黑暗中保持清醒，隨著向後退往出口，試圖用各種方式運轉我的腦袋，倒推著回想這一切的之前到底是什麼模樣，然而大腦卻似乎不太能轉動，我到底是怎麼進入黑暗的？黑暗之前的生活是什麼？黑暗之前的我是什麼？一切都越來越模糊了。我覺得好累，漸漸不知道自己到底在拖著什麼東西移動，只知道不能放手。我開始覺得有點恨起那具沈重的負擔。如果沒有這個東西的話就好了。如果這裡只有我一個人的話，我就可以停下來，永遠的休息了。

然後漸漸地，就連這最後一絲恨的感覺都僵固凝化，被吞噬到黑暗中消失。

我終於失去了所有的思想和情感，只剩下移動這個行為本身。

．　◆　．　◆　．　◆　．　◆　．

吱吱在暈眩中努力維持眼睛打開，感覺體內深處那分割的感覺，繼續說：「有件事，我想拜託你。」

．　◆　．　◆　．　◆　．　◆　．

光點的大小和亮度終於隨著距離而有所改變。那不再只是一個令人疑似象徵的呼喚和指引。那變得很確實，形狀是個門，它漸漸變大，並且漸漸變暗。但即使再暗，相較於絕對黑暗而言都是光。

我們終於抵達盡頭，我停止移動。

背對著門，拖著傑克，微光以絕對的姿態在我手臂上切割出前後兩塊不同的明暗區。沒有所謂的泛光，唯有手臂，和忽然斷掉似地沒有手臂的黑暗。在那黑暗中，在那黑暗中有我依然尚未放手的仰躺的傑克。

只要再一步，我就可以把他拖進光中。

我不確定從他那黑暗彼端看過來的我，是否已經有了面貌五官。

我放下了傑克。直起身，轉身，面向出口。

這是一扇向外推開的鐵門，門外是夜，以及無人的丁字交叉巷口，時間可能很晚了，兩邊有著已經拉下鐵皮門的小吃店、沒有營業也亮著櫥窗燈的精品服飾店、停放著腳踏車和摩拖車的公寓門廊……。

我人還在門內，視線所及有限。但儘管如此，那現實感的分量卻已經用壓倒性的分量將我撲襲。

我眨眼又眨眼，確認地盯著那間公寓門口上所貼示的門牌號碼、巷弄號碼、街道名稱。

「傑克，」我背對著他說：「你到家了。」

他曾經告訴我他家地址。很久以前的黑暗中。照理說沒可能記得的，但卻記得了我。

在放開傑克之前的黑暗中我很確定傑克活著、醒著、睜開著雙眼凝視著我。現在，我可以聽見他在我身後發出移動的聲響。他正在努力靠自己的力量爬起來。

我踏出門外。聽見身後傑克仆倒的聲響。

　　但是沒有問題。一切都已經結束了。我已經完成任務。我沒有死，他也不會。

　　「你可以自己完成最後幾步。」我還是背對著傑克，「我知道你可以。」

　　「Sarah……」傑克趴在光與黑暗的交界處說。

　　「我知道你可以。」我重複這句話，邁開腳步開始走。

　　身後繼續傳來傑克的聲音。

　　「Sarah…Please don't go, please, please don't go…」

　　我沒有回頭，朝丁字路口的另一端而去。我走得不快，但我繼續往前。直到我再也聽不見傑克的呼喚與啜泣聲為止。

　　在那黑暗同行的道路最後，傑克，我已經耗盡了所有的力氣。在所有力氣都耗盡之後仍繼續移動的過程中，傑克，我已然麻痺。

　　我終於回到了生的世界。但我已經死了。所以。

　　你的呼喚。我已經聽不見了。

　　現在我只想回家。

　　·　　◆　　·　　◆　　·　　◆　　·　　◆　　·　　◆　　·

　　地球的最後一夜，喳喳在熱鬧的街頭拖著行李箱閒晃，時間差不多的時候，經過了一家行李箱專賣店門口，輕輕放手然後繼續走。

　　喳喳不是因為忘記。行李箱並沒有被遺棄。

　　但他們分開了。喳喳繼續往前朝集合地點而去。行李箱則獨自

佇立在陌生街頭，望著異鄉流動的一切。

它決定了。這裡才是它的故鄉。它會在這裡一直待著，或者流浪，直到這個世界的終端為止。

　　◆　・　◆　・　◆　・　◆　・　◆　・

傑克終於用自己的力量站了起來，他在兩個世界的交界處，望著女人的背影直到再也看不為止。

他斜靠在鐵門旁邊，望著空寂的深夜小巷。

這裡確實就在他家門口附近。

而他所倚靠的地方，是傑克的酒吧後門。

傑克扶著門框慢慢蹲下，雙腳踩在門框外，屁股往後落坐，雙臂掛上膝蓋。除了半截穿著牛仔褲的小腿和那雙破爛的靴子，其他部分又再度陷入絕對黑暗中。是和女人一起共度的黑暗沒錯。不是自己的酒吧。屁股底下的質感彷彿某種生物內臟般有彈性。在那黑暗中，一切彷彿又再度回到女人身邊，他依然可以感覺到握著女人的手時那份安心，他可以聞到女人獨有的體味，他可以聽見女人的呼吸聲、說話聲、有點神經質的咯咯笑聲或忽然爆炸似地豁然大笑聲，他的心臟可以和女人的心臟一起跳動，血液一起奔流，黑暗中的飽滿、虛無、鮮明、絕望、誕生……但眼前卻是另一個完全不相干的光景。既熟悉又陌生的光景。兩個世界重疊著。那使他感到強烈的暈眩，所以他只能一直坐著不動。不知不覺中，水的潮味漸漸來臨。

下雨了。

先是鼻子聞得出來。

接著是皮膚感覺到。

雨水輕輕地隨風自天而降，將要以細膩的耐心漸漸染溼城市裡所有的縫隙。

深夜中那軟毫般的細雨，除非是在燈光底下要不然肉眼幾乎無法辨識，但傑克卻看得清清楚楚。在落雨之前嗅覺就先聞到了雨水即將來臨的氣息，接著皮膚感覺到逐漸改變的濕氣，然後眼睛看到了。無數細小的親吻貼上他的手臂、手腕、十片斑駁且邊緣碎裂的指甲。傑克深深吸口氣並且感覺著那細小的吻。雨水將小巷中原有的混雜氣味都一半暫時壓蓋下去，一半益發渲染出來。

很久沒有用眼睛看東西了。傑克偶爾會眨眨眼睛，確定門框外真的就是記憶中的巷子，而且沒有消失。他就那樣坐在黑暗中盯著巷子的單調風景以及自己化為實體的雙腳。良久，直到雨停。

在那過程中他漸漸進入純粹發呆的空白狀態，很多原本存在體內的東西悄悄離開了他，但他卻沒有發現。

暈眩停止。

身體終於稍微恢復力氣，能夠起身了，但發呆的傑克卻還不知道。可能是因為這樣的緣故，**右腿逕自像是忽然被誰給踢到似地抖動一下**，空白的腦袋冒出一個聲音：好吧。

於是傑克站了起來，完全離開了黑暗。

我現在要回家。

除了這個意念以外，他沒有任何其他思考與判斷。走出兩步，

轉身關上鐵門。門關上的短暫過程，傑克可以隱約看到門內自己的酒吧廚房角落，因為沒開燈所以暗暗的。但傑克依然沒有絲毫困惑，直到他關上了門，盯著那鐵皮門板才覺得有點困惑。

我為什麼在這裡？

人在半清醒的狀態下是不會知道自己是半清醒的。不合邏輯的部分都不覺得奇怪，點與點、線與線、面與面之間，那連結處其實歪斜了或者重疊、甚至其實沒有連起來，當事人都不會有感覺，一切都很理所當然。

而有時候。有時候。這樣不合邏輯的狀態才是原本自然。很可惜意識無法在完全清醒中進行這樣的連結，於是只能半清醒著。

傑克隱約記得店裡的燈有問題。他一面想著明天記得要先打電話給水電行處理這件事，一面往家門走去，從身上掏出鑰匙，用感應卡打開公寓一樓的玻璃門，搭電梯到三樓，回到自己的家，走進浴室脫掉身上所有衣物扔進籃子裡沖熱水澡。脫衣服的時候，有些傷口的皮肉因為已經和布料完全黏在一起了，所以隨著布料一起剝離，新的血流出來，傑克也不特別覺得痛，甚至完全沒有發現，他只覺得腦袋很不舒服，於是站在熱水底下淋了很久很久。赤裸的身子佈滿大大小小的刮痕和各種瘀青、新舊疤痕，肩膀因為右邊脫臼的緣故而傾斜著，左邊膝蓋骨已經碎了，右邊脛骨是歪的，但他自己並不覺得有哪裡奇怪，只是低頭盯著腳底下那沿著磁磚流往出水口的熱水顏色，直到水色從污濁的暗紅漸漸恢復到完全清澈，他才終於關掉蓮蓬頭，擦乾身體。在走出浴室經過鏡子的時候，傑克無意識地稍微瞄了鏡子一眼，但沒特別感覺到什麼，他繼續一跛一跛

地走到臥室倒進棉被中，就這樣什麼也沒有多想地瞬間睡著。真正地好好睡著。

那深沈的睡眠連夢也沒有。意識閉上了眼睛鬆開手，把主導權完全放開交了出去，身體醒了，開始工作，所有內外傷口和碎裂或歪掉的骨頭、韌帶，逼逼叭叭嘎啦嘎啦地發出巨大聲響，迅速重整。是必須運用整座星球的動能來進行的巨大修復工程，因為時間很趕。

（為什麼非得要這麼趕呀?!）宇宙人們一邊工作著一邊不禁大叫。但宇宙人們只是稍微發洩一下而已，並沒有抱怨的意思。嘰哩喀啦地繼續加緊工作，並且不時抬眼看一下倒數計時器。倒數完成的時候，男人就會死掉。所以。沒辦法。一切火速進行嘰哩嘎啦嘰哩嘎啦。

Once upon a time, someone stepped into the darkness and saved me. I thought that person was you, but I was wrong.

That was me. It has always been me. Has to be. There was no other way.

男人在黑暗中發現自己全身無法動彈。眼睛嘴巴都打不開，呼吸也很困難。強烈的驚恐只有一瞬，情緒立刻被求生本能取代。他把所有的注意力都集中在一根手指頭上，慢慢抬起指尖、指關節，然後兩根手指、三根、四根、五根，接著是整個手掌，然後是手腕，手臂。

只要一隻手臂就好。男人集中精神。慢慢在捆綁壓制他的一切當中抬起半條手臂，往上伸，試圖穿越隔絕的重物。只要一隻手臂就好。

　　他聽見自己腦袋裡發出很細很細但很巨大的高頻聲。

　　嘰～～～～～～～～～～

　　宇宙人們齊心協力、汗如雨下地拼命趕工。嘰哩嘎啦嘰哩嘎啦！但是。

　　嘰～～～～～～～～～～～～！倒數計時器的聲音也越來越響了。

　　男人繼續緩緩地把那條手臂用力往上掙脫。

　　他永遠不會知道地表和他的手臂之間，還有相當一段距離。

　　行李箱在森林深處靜靜佇立著，然後，彷彿要抖落一身碎屑似地振動起來，發出人類耳朵所無法聽見的高頻音波，打碎了所有的樹葉，穿越木林，滑向天空，也震起了林外的片片水波。

　　·　◆　·　◆　·　◆　·　◆　·　◆　·

　　喳喳回到故鄉星球的第一件事，就是用腦袋打電話給吱吱。但卻無人接聽。於是不假思索，立刻在機場外叫了計程車前往吱吱住

的地方按門鈴。試了三次無人回應之後，便自行按密碼闖進吱吱的住處。

正確來說也不算闖。吱吱既然會把家裡密碼給喳喳，本來就表示喳喳隨時想去都可以去。喳喳一進門就立刻衝進書房，果然看見吱吱在椅子上，關閉著四隻眼睛，正滿頭大汗。

好像有點不妙！我就說太胡來了吧?!誰知道扔在鳥地方的行李箱會被哪個莫名其妙的人類拿去幹嘛?!話說，出問題了怎麼不趕快把接收器關掉拔出來呢？

喳喳在吱吱身旁大吼。

別吵我！吱吱緊閉著眼睛大叫。我現在很緊張！

我才緊張！

別吵我！我現在必須要很專心！有人正在發出求救訊號，但是那個訊號沒有人聽見！所以我得要幫忙把求救訊號傳出去！

……。

喳喳愣了一下，忽然覺得更加火大。少管閒事啦！那個錄像器哪有這種功能！亂來的話腦袋出問題怎麼辦?!

有啦！真的有求救功能！說明書都沒仔細看！

少管閒事啦！

快好了啦！

好什麼好？喳喳瞪著吱吱的腦袋。那顆腦袋正在冒煙。好個屁！喳喳大叫。腦袋都冒煙了！我不管！我要把接收器拔出來了！

等一下啦！我不關掉就拔出來才真的會把我的腦袋弄壞！

那趕快關掉啊！我要拔了！

等一下等一下啦！

五、

等一下啦！

四、

喂！

三、

把手拿開我的腦袋！

二、

別碰我！

一！

可惡……

喳喳看準了吱吱腦袋上的一個金色小點，伸手把一根細針硬生生地拔了出來。

吱吱張開雙眼瞪著喳喳。喳喳瞪著手裡的接收器。接收器的開關已被吱吱即時關閉了。好險。

好險個屁！吱吱還是瞪著喳喳。

喳喳卻笑了。

嘿。

嘿什麼嘿。

我回來了。

……我也是……唉……

Welcome back.

塔吖一媽。

餘散的音波傳入了黑暗。

在這世界上，還沒有人知道行李箱的存在。直到那餘散的音波傳入黑暗，然後有某個人，盯著黑暗發出這樣的想法：啊，那該不會是個漂浮的外星人行李箱吧。

於是，它存在了。

◆　　◆　　◆　　◆　　◆　　◆

嘩啦。嘩啦。被掀起的水花一波又一波地落回水面，彷彿下雨似地。紋路不會只在表面，也往下擴散，微粒子推著微粒子接棒交替，到那聲音傳不過去的深處。

女人游得很深。以為一切絕對平寂。她想要往下游得更深，卻忽然覺得上面有騷動，於是她暫停了一下，猶豫著，終於，好奇心牽動了她，女人向著那騷動的來源回身開始往上游。

天亮了。女人想著，繼續往光的那一面游去。

◆　　◆　　◆　　◆　　◆　　◆

站在馬路邊反覆撥打電話的傑克，於天亮之前離開等待，開始往回家的方向走。

不過，他每隔一段時間還是繼續撥出無人接聽的號碼。

說他腦袋被填了水泥太固執也罷，反正就是這樣，他不再困

惑，也不著急，疲倦也沒有了，整個人狀態甚至說得上是悠哉。如此一面散步回家，一面偶爾拿起手機按重播。

抵達家門前，經過自己的酒吧後門，看見那鐵門居然開著，心想八成是員工忘了關，「嘖。」他抱怨地走過去，毫無意義地踢踢底下的門框，朝黑漆漆的店內抱怨出聲：「再這樣下去我就要把你開除了！給我認真點！」

關上門，回家。

躺上床閉上眼睛之前，最後一次舉起手機再打了一次電話。

鈴。鈴。鈴。響了很久。

「哈囉？」終於再度有人接聽。

但傑克已經拿著手機睡著了。

◆　✦　◆　✦　◆　✦　◆　✦　◆

（黑色警報！黑色警報！各區民眾請立刻前往緊急集合地點！黑色警報！全體動員！）

黑色警報大約每三百年才發生一次，事態嚴重，所以無論是誰，在聽見警報聲的第一瞬間都不假思索，毫不多問地即刻動身。吱吱和喳喳兩人也不例外。按照黑色警報的例行流程，和群眾一起奔至緊急接駁車的定點，民心惶惶，但完全沒有交談聲，大家都面色凝重且安靜地繼續聆聽著報告，與此同時，一輛又一輛的高速風車刷刷刷地來了又走，將一批又一批的民眾載往附近工廠。

多卡羅區是專門負則處理多多蟲大便的地方，那裡有幾乎上百

間的巨型連鎖工廠和數十萬勞工，以輪班制毫無休止地運作著，現在機械全面癱瘓，原因不明，數十萬勞工被困在不斷外溢的排泄物與機械中，災情慘重。相關急救單位在第一時間通知全民，雖是整座星球全體動員，當然還是有少部分專門負責最前端的工作，這些成員分成紅藍白三組：紅組成員最龐大，他們一批又一批地冒著生命危險，深入災區搶救勞工；藍組是初階醫療人員，守在危險範圍的外圍將一批又一批的傷者做現場緊急處理，再分批送往醫院；白組成員最少，他們都是頂尖機械師和工程師，每隔一段時間就會進行體能訓練，沒有一個有家累，在這個時候進了災區，就抱著很有可能不出來的決心。他們負責潛入已被危險物質所淹沒的機械和建築物當中，進行現場操作，將那些排泄物疏導至其他緊急管道，送往其他區域。其他各區的醫院和工廠嚴鎮以待，負責指揮一般的民眾各司其職。

吱吱和喳喳在緊急集合處，新一班接駁風車刷地停下了，喳喳和人群一起上車。

但吱吱卻沒動。這不是他的車。

喳喳驚異地回頭，並且在人群繼續湧進車內的過程中不斷退後，左瞧右望，瞪著站在車外的吱吱。吱吱臉上浮現一抹抱歉的苦笑。門關上了，車子駛離。喳喳立刻打電話。

哈囉？吱吱接聽。

哈……哈什麼哈?!

原來你沒有顏色啊。哈哈哈哈哈。

沒……沒有顏色很好啊！一般民眾！很普通！只要到附近工廠

聽指揮行動就好了！大家都是這樣！大家！

等一下，我車子到了。

吱吱！你⋯⋯

對了。我是白色。

⋯⋯你報名了⋯⋯你什麼時候報名的？

很久以前。

為什麼沒有讓我知道？

你會反對。

我反對。

看吧。

我反對。

太遲了。

你這傢伙！

放輕鬆點。我的體能訓練一直維持得很好。

你這傢伙！

我這麼聰明又這麼強壯，這種事當然只有我這種傢伙才有辦法，更何況沒有家累的不多，我是其中一個，算是頂尖中的頂尖，少數中的少數⋯⋯

吵死了。

亂世出英雄。英雄就是我。

吵死了。

幸好有去了那一趟地球旅行，咳，當然不是我。是你。真是替你開心。

吵死了。

幸好你即時回來了。可惜來不及一起喝杯酒。

吵死了！

唉。

沒有家累？

對啊。

那我算什麼？

⋯⋯你們到了吧？我聽到車門開的聲音。該把電話關掉了。

你這傢伙。

你知道多多蟲的大便有多毒嗎？

你這是在恐嚇我還是在表揚你自己？

整個星球都快毀滅了，專心工作吧。

我聽見了，倒數計時器的聲音。

我也聽見了。

我進工廠要開始了。

好。

這顆星球就交給你了。

也交給你了。

一起吧。

一起。

掰。

喳喳。

幹嘛啦要掛電話了啦有長官在瞪我了！

你是我的家累。

噁心！而且Too fucking late！

哈哈哈哈哈哈哈哈哈！

電話在吱吱的大笑聲中掛斷了。喳喳先掛斷的。因為他必須專心工作了。雖然只是很低階的機械操作，但黑色警報訓練每五十年才全民動員一次，誰都不熟悉，喳喳也是，必須很專心才能執行。

不像吱吱。

像吱吱那個等級的備戰訓練是持續且不間斷的。在看似什麼也不會發生的太平日子裡，毫不鬆懈地一次又一次維持在準備好的狀態，對一般人而言是很蠢的吧。大多數人都會很快就覺得自己很像白痴吧。只有完全足夠信念的人才能夠一直反覆做著看似無用的事，維持在即使永遠不會發生我都要準備好去面對的狀態。就像設計出所有緊急逃生門的人，一面設計著，一面希望自己的創造永遠不會被使用到。

擁有槍擺在抽屜裡的人。學會怎麼使用，並且希望自己永遠無須有必要使用。

買了醫療災險的人，付了錢，並且希望自己永遠不會使用到。

使用婚前協議書的人，簽下了名字，然後希望彼此永遠不會使用到。

永遠不會當然很好。

但如果真的發生了。就來吧。

嘰～～～～～～～～～～～～～

遠遠地，吱吱就在車內看見紫色天空底下，自地面不斷昇向天

空的鮮紅氣體，猶如起大火般地將整個多卡羅區都籠罩在內。車子快速穿越緊急醫療處理區駛入工廠範圍，深入核心，吱吱在車內和另一個機械師彼此看了一眼，點頭示意，拿起車廂內的防護衣各自穿上，在車停的時候，踏入暗紅色的碎石和泥沙中。不過，那當然不是碎石泥沙。

巨大宏偉的拱門敞開著，背抬傷眾的救援大隊陸續自內魚貫而出，經過拱門時，一列列隊伍看來彷彿地球樹下的毛毛蟲一般。

吱吱深吸了口氣。

真想念地球啊。我的故鄉。

不過。這裡有喳喳。

而且挖搭係是英雄。

吱吱微笑著按下防護衣的啟動電源，那防護衣開始迅速變大並且往後延伸，隨之調整空氣密度，長條形的防護罩離地騰空起來。吱吱和身旁的機械師各自熟練地操作著，雙雙在離地後的空中，往工廠深處飛竄而去。

如果有地球人在這邊的話，吱吱好笑地想著，他們肯定會心悸神馳的大叫：

是龍！

◆　◆　◆　◆　◆　◆

女人朝著那奇異的騷動來源一直游到了岸邊，踏出水，並且回頭看了最後一眼。

冰冷的廣大水面上幾乎毫無波紋，清晰地倒映著藍色天空與緩緩移動的白雲。看久了，恐怕真的會以為是天空攤在大地上，白雲浮過地底。於是女人只看一眼，便轉身離開那顛倒的世界，往森林的方向走去。

　　腳下的砂石留有冬末最後的殘雪，前晚完全沒發現。這片森林在冬季盛開綠葉，於春曉來臨前落盡了碎屑。女人踩著滿徑破碎的落葉蜿蜒地穿入森林深處，光線稍微暗了些。之前在水中所感覺到的奇怪的騷動依然存在，一直在她前面不遠處，似乎隨著她的移動而移動著，和女人之間始終維持固定距離。雖然除了樹林本身所該有的一切之外女人什麼也看不到、聽不到、聞不到，但那確實就在前方，大約一隻手掌大小的團狀騷動在空氣中，彷彿有很多條隱形的線攪在一起打結了，為了掙脫而不斷扭動著，每條線都有各自想去的方向，想要離開彼此，卻因此而相互糾纏得更加厲害。

　　女人來到一處小小的空地。在這沒有人的森林深處，卻有一只斑駁骯髒的黃色行李箱立在樹下，碎葉覆蓋在它身上與週邊。女人略為錯愕，但沒有因此轉移注意力。

　　空氣中的騷動停留在這裡，女人在那片小小空地上來回踏步，終於找到了騷動的確實定點，她好奇地伸出手探向那什麼也沒有的空氣中，從指尖到關節到整個手掌，她可以很明確地感覺到自己的手，穿進了什麼當中。彷彿有電波穿流似地整隻手掌麻麻的。她把手縮回來，低頭翻來覆去地檢視，然後又看向眼前那依然什麼也沒有的空氣，再把手伸過去，又抽回來，如此嘗試確認了三次之後，女人把手伸進騷動中然後暫留著，微微動五根手指，感覺著那團

塊，確認其大約面積，隨著停留的時間延長，手掌觸電的感覺越來越清楚強烈，但還不至於到很不舒服的程度。女人先試著想要將一根指頭穿入團塊的中心，但不太順利，然後又試著用五根指頭梳理團塊的邊緣，隱形線團的微波忽然變得很尖銳，刺刺地令人不舒服，女人皺起眉頭稍微縮起手指停止動作，抬在半空中的手臂到這時開始有點酸了，女人摸著那團塊感覺了一下，掌心熱熱的，於是她將五指大張，抓住了整個團塊捏在手心裡握緊。團塊因此而縮小成她一只拳頭的範圍，以她的手心為核。觸電的感覺更強烈了，她整條手臂都因那團塊被收縮的強度而振動著。然後她感覺團塊漸漸滲入了她的手，化成了她的手。

　　女人將手掌攤開瞪視自己發抖的五指和越來越燙的掌心。這東西不是我的。女人想。我該拿它怎麼辦才好？

　　她蹲下身，為了驅散掌心熱度地，將手掌貼上泥土，隨著她那隻手的顫抖，掌心底下的泥土瞬間也跟著顫抖了；石頭扔進平靜的水面，波紋迅速向外擴散；女人腳底下的土壤開始鬆動並且不斷往外推擠，刷啦刷啦刷啦。

　　巨大的鮮花正在綻放。

　　以她為中心的圓形振動範圍不斷擴大並且下陷，女人維持著原本的姿勢，蹲得很穩，她睜大眼睛且專注地意識周遭的一切，很快地，就看見一根手指從泥土中露了出來；兩根、三根、一隻手掌、一條手臂……女人不動，繼續注視著一切，掌心的熱度還在，觸電的顫抖沒有消停，直到她面前的土壤將一個男人完全送出地表。

　　女人縮回手。

離開了。團塊消失了。已經結束了。她伸展了一下自己恢復正常的手掌，盯著眼前男人那奇異的姿勢。

平躺的男人緊閉雙目，右手臂朝空高舉挺立，正在拼命用力使勁，五根手指僵硬地微微動著，掌背青筋暴露，手臂的肌肉也拉扯出明顯的線條。

女人蹲在男人的右側。她的膝蓋和男人的手臂之間只有一點點距離。女人抬起手握住了男人的。男人的手也本能地立刻緊緊回握。

在那一瞬間，男人完全屏住的呼吸道才忽然恢復運作，胸腔宛如蝴蝶展翅般地啪答鬆開了，他睜開雙眼和嘴巴，拼命大口呼吸，喘氣，但手臂卻還僵硬地伸直在半空中。

女人握著男人的手將其慢慢拉下來，放平，然後想要把自己的手抽回，但男人的手臂和手掌都依然僵硬的宛如筋條似地，女人抽不回自己的手，於是也不勉強，她看著男人。

男人的雙眼正倉皇失措地在天空、樹林和女人之間轉來轉去。

「沒關係，慢慢來。」女人說，「你沒事。」

男人花了一段時間才漸漸鎮定下來，呼吸恢復正常，身體肌肉稍微放鬆。女人再度想把自己的手抽回來。男人察覺了，下意識地緊握一下。

女人的心跳忽然加快了，她但願男人沒有發現；熟悉的恐懼感驟浮滿身，但也有了別的，還不確定是什麼。她任由男人握著。

「發生了什麼事？」男人緩緩坐起，依然有點茫然。

女人安靜了一下，回答：「沒什麼。很多。」

　　兩人在不算大的圓形盆地中央，安靜了一會兒。周圍的樹林也靜悄悄地。彷彿大家都在小心翼翼地觀察與等待實驗結果。盆地邊緣，那只立在樹下，被碎葉所覆蓋的行李箱，現在因為隆起的泥土而有點歪斜。男人盯著行李箱，漸漸想起，「我想……」他低聲說，「我想我殺了什麼人，或什麼東西。」

　　「我也遇見了什麼人。」女人自言自語般地附和，「或什麼東西。不過她不屬於這裡。我想，她已經回到她屬於的地方了。」

　　她屬於的地方。不見得就是屬於她的地方。有時候歸屬並不是雙向的，是兩回事，但沒關係。

　　「很像對吧？」男人依然盯著那個行李箱，彷彿沒聽見女人剛才的話，「跟妳之前的那個行李箱。」

　　女人轉頭看去，「嗯。好像有點像。不過……行李箱其實都長得差不多。」

　　這個不一樣。男人注視著行李箱。

　　「想帶回家嗎？」女人看著男人。

　　男人的眼底忽然有了笑意，他的視線從行李箱移開來到女人的雙眼，「家？」

　　女人臉紅了。她的心跳更快了。她但願男人沒聽見。

　　男人沒聽見。因為他正在聽見自己的心跳聲。

傑克覺得自己做了一個很吵很吵的夢。夢中究竟有哪些景象完全不記得了，彷彿失去了視覺只剩下聽覺似地，他只記得很吵。夸啦夸啦巨大的磨牙聲和喀啦喀啦骨頭不斷被敲碎的聲音，高速旋轉的機械切割聲刺耳地穿過、轟隆轟隆的巨響中地殼崩裂、土石奔流、框當框當的金屬撞擊聲、摩拖車呼嘯過來又呼嘯過去反反覆覆的欠揍引擎聲、電話鈴聲、陌生語言警告似地響亮廣播聲……總之吵得不可開交。他在睡夢中好幾次忍不住大叫別再吵啦，但完全沒用。也曾在那吵雜聲中懷疑該不會是屋子外面有什麼建築工程所以才這麼吵吧。幾度以為自己醒來但其實沒有。

　　再這樣下去，我一定會瘋掉。傑克忽然覺得恐懼。就在那恐懼來襲的瞬間，有人按了無聲按鈕，一切靜寂。

　　傑克慢慢睜開眼睛，暫時在床上躺著不動。

　　屋內有斜斜的光線，感覺是下午。傑克在床上坐起身，下了床，走出臥室，打開窗簾，看著窗外巷子對面鄰居的陽台，打開窗子，站到陽台上看著底下偶爾經過的行人和車子。這一切都是他再熟悉不過的景象，但如今異質感卻很強，世界似乎變得很奇怪，卻又看不出是哪裡出了問題。傑克稍微花了一點時間才知道發生了什麼事。

　　他已經什麼也聽不見了。

　　咪咪蔣游了很遠很遠很遠。

　　她以蛙式不斷地滑動著四肢，不疾不徐地反覆，並且在那重複當中慢慢將腦袋化為一片空白，除了包圍她的水波以外，這世界什

麼都沒有。在一次又一次抬頭吸氣的過程當中，水面上的光線悄然地改變，從黑暗直到白天。她繼續往水平線的方向游動。什麼也不想。

然後在某一次抬頭吸氣的時候，她看見水平線上出現了山脈的線條，接著是其他游泳的人，不多，三三兩兩地散落在各處，漸漸地也看見海岸、岸邊弄潮玩水的人、岸上的遊客。只一眼，咪咪蔣就知道自己回到原有的世界了。她沒有稍停地繼續反覆將頭潛入水中滑動四肢。

四周的景象越來越活潑熱鬧。咪咪蔣抵達淺灘處才終於停止游泳，放下雙腳踩進沙子，朝岸邊行走。

所有人都盯著咪咪蔣，盯著一個赤裸的女子從海裡緩緩現身。

咪咪蔣無視這些目光地走上岸。一個小男孩盯著她，被媽媽連忙拉開了。一個小女孩問她：「妳為什麼沒穿衣服？」咪咪蔣聳聳肩說：「沒衣服穿。」一個年輕女子好心地說：「妳是不是比基尼被海水沖掉了？我上次也這樣。」女子很大方地將自己的浴巾遞給咪咪蔣：「這給妳。」

咪咪蔣其實不覺得有必要。但她感到自己的存在似乎令所有人不舒服，於是接過了那條印有哈囉凱蒂圖文的粉紅浴巾，把自己的身體藏起來。在那一刻，她忽然覺得有點孤單與悲傷。

我回到自己的世界了。咪咪蔣確定。我屬於這裡，但這裡卻似乎不屬於我。

她摸摸身上的浴巾，忽然覺得好像有哪裡怪怪的。又摸摸自己的手臂，然後用力拍打。啪啪啪。低頭瞪著腳下的沙子，踩一踩，

跳一跳，接著蹲下去兩手抓起一把泥沙在手中搓來搓去，又抹到手臂上用力擦抹。

咪咪蔣快步退進海水，彎腰把手插入浪中。

沒有。什麼也感覺不到。咪咪蔣失去了觸覺。把手抽回來，雙手變得比較沉，把手放入海水中放鬆，雙手變得比較輕。咪咪蔣只能感覺到這樣的差別。但是水的流動、溫度、質地，她什麼也感覺不到。胸前沒有浴巾的毛感、背脊沒有陽光的熱度、海水特有的黏膩感也半點沒有隨著身上的潮濕而殘留。

從哪邊開始出問題的？我不是已經回來了嗎？一切不是應該就要這樣恢復正常了嗎？咪咪蔣怔怔地望著海水上隨著波紋而不斷移動的反射光芒。

想不起自己是怎麼離開這個原本的世界，中間有一段記憶很模糊，但對於後來在浴室裡睜開眼睛，醒來後看見男人以及之後在旅館的一切，咪咪蔣都還記得很清楚。包括自己差點被男人悶死，以及逃進森林後那個帶她走到海邊的女人。

「喂。」咪咪蔣抬起頭對附近一個不斷偷瞄她的少年喊：「這裡是墾丁沒錯吧?!」

這個海水浴場咪咪蔣和朋友來過幾次，印象應該沒錯。

果然少年點了點頭。

咪咪蔣也對自己確認地點頭。沒錯。我真的回來了。雖然墾丁離台北還有一段距離。但總比另一個世界和這個世界的距離近多了。我回來了。真的回來了。

咪咪蔣低頭盯著海水、水花以及水裡面自己沒有感覺的兩隻

手。

如果這就是回家的代價的話那就這樣吧！

咪咪蔣站起來背對廣大的天空離開了海水。

毫無預警地，天空忽然變暗了。

大地隨之少了顏色與光。

傾盆大雨以重擊的姿態磅礴落下。從一座小島的北端迅速蔓延至南端。

海邊遊客倉皇躲避。

街頭巷尾人人奔跑。

傑克站在陽台上看著那驚人的雨量，胸前很快就被雨濺溼了，巨大的雨聲掩蓋了城市裡所有的聲響，但傑克卻依然什麼也聽不見。

咪咪蔣一步一步地踩踏沙灘，並沒有因為大雨而加快腳步。擊打在她身上的白線既冰冷又有勁道，但咪咪蔣卻依然什麼也感覺不到。

噢。你這愚蠢愚蠢的男人。

噢。妳這愚蠢愚蠢的女人。

大雨毫不留情地繼續沖刷整個世界。

咪咪蔣離開了沙灘區，穿過飯店和旅社之間的小巷，就那樣溼

淋淋地一直走到大馬路，繼續走。

　　傑克一直站在陽台上看著傾盆大雨，直到對面陽台門拉開來，原本探出頭要瞧瞧雨勢的鄰居看到傑克，頓時發出尖叫聲砰地關上玻璃門。傑克什麼也沒聽見，所以並沒有因此而被鄰居的反應所驚嚇。但鄰居的表情讓他覺得很奇怪。於是他離開陽台穿過客廳走進浴室打開燈，照鏡子。

　　那是一張被狠狠刮碎皮肉、五官扭曲且模糊的臉。

　　哈⋯⋯不知為何傑克對著鏡子發出了這樣的聲音，但他自己卻聽不見。哈⋯⋯因為聽不見的緣故傑克再度發出這樣的聲音，然後繼續，哈、哈、哈哈哈哈哈、哈哈哈哈哈哈哈哈、哈哈哈哈哈哈哈哈哈哈哈哈！傑克站在鏡子前失控地大笑了起來。

　　「小姐！小姐！」有店家站在屋簷底下朝咪咪蔣叫喚：「小姐妳還好吧？」

　　我很好。

　　咪咪蔣繼續走。車子經過她身邊掀起水花。雨水早已將她身上唯一的遮蔽物淋濕了，變重，隨著她腳步移動而鬆落，咪咪蔣彎身撿起來隨便地裹在身上繼續走。

　　「小姐！小姐妳先進來躲雨啦！」又有店家站在屋簷底下對她招喚。

　　我不需要。

咪咪蔣繼續往前走。經過一家便利商店門口，看見露天座位上的木桌擺著半塊沒吃完濕答答的麵包，咪咪蔣拿起來塞進嘴巴裡，一邊吃著一邊繼續走。沒味道。沒感覺。她一邊吃一邊咬到自己的舌頭和口腔內側的肉，都沒感覺。

　　這是一個荒謬可笑的故事。

　　傑克笑至頹倒在地，背靠著浴室門框還在大笑。全身都跟著胸腔的振動而略略抖著卻還是聽不見自己的大笑聲，以至於那笑聲到後來幾乎很像乾嚎的哭聲他自己都不知道。

　　男人和女人在森林深處的小小盆地中央，看著彼此的眼睛。他們一個坐著，一個蹲著，森林上方的天空藍的藍白的白，陽光燦爛。

　　這裡無風也無雨。就連冬末最後一點的殘雪都已經被日光融化了。

　　女人輕輕地說：「這太可怕。」

　　男人低聲說：「有一點。」

　　女人說：「也許我們該選那條容易的道路。」

　　男人低聲附和：「也許。」

　　不過男人的手暫時還是握著女人的手。他們繼續凝視著彼此的雙眼。

　　行李箱在樹下望著他們。

唧～～～～～～～～～～～～～～～

倒數計時器的響聲持續著，然後。

沈寂。

轟。一聲巨響。所有的電力都消失了。整顆星球遁入黑暗。下一瞬間，乓乓乓乓，各處的緊急照明燈立刻亮起。但大部分的區域還是很暗。

竊竊私語聲泛佈各處。結束了嗎？倒數計時？問題有即時解決了嗎？我們得救了嗎？危機過了嗎？

為了安全起見，工廠宣佈要大家先停下手邊工作，等上面查明捎來現況進度報告再說。

喳喳立刻試圖打電話給吱吱。不過腦袋裡只有雜訊聲。電波無法向外傳送，大概整座星球的通訊系統都停擺了吧。搶救工程運作到什麼程度了？這星球要毀滅了嗎？

喳喳迅速地思考、判斷、做出決定，放下了手中工具轉身開始往外走。他加快腳步推開昏暗中的許多肩膀，出了工廠，經過一座又一座廠房，來到大馬路。所有交通工具都因為停電而停駛了。但沒關係，他知道路徑，雖然有相當長一段距離。

喳喳開始奔跑。他這輩子沒有跑過這麼長的距離，不知道自己能不能辦得到，他估計電力短時間內不會恢復，而那些發動緊急備用電源的交通工具在這時候也絕對輪不到他使用，他只能靠自己兩條腿。喳喳在大街上跑過一棟又一棟建築，跑過長長的隧道，好幾次因為視線太差而撞到欄杆、車子、牆壁、垃圾桶，但他繼續跑，

往吱吱所在的災區方向而去。

　　大道上橫堵著臨時架設的防災圍牆，喳喳不得不繞遠路，轉進小路，遠遠瞥見高空中的工業鐵軌，猛然意識到那是最好的捷徑，於是在一棟又一棟蛋殼般的住宅區建築物間彎來繞去，來到鐵軌底下，攀著橋墩鐵梯，登上工業用高架橋。失去電源而無法行駛的工業列車猶如呆滯的長蟲般一條接著一條默默不動，原本的紫色天空在失去了地面光源後跟著一起陷入黑暗，但在極遠處的高空中，有一區特別亮，喳喳一面繼續不停地跑著一面盯著那個方向。無數的白色光束在那遠方的高空中彎彎曲曲地奔竄，像是要把防護星球的氣層切成碎片般。

　　多卡羅區因排泄物的大量外溢，有毒氣體已經迅速破壞到天空去了。

　　乒，轟隆轟隆，這樣的聲音滾過了天空。那聲音喳喳曾在地球聽過。

　　那是雷聲。

　　白色光束也和地球所曾經見過得很像。叫做閃電。

　　先是閃電，然後是雷聲，接著，就是雨。

　　然而他們的星球是不下雨的。

　　一切都毀了。終究沒能來得及嗎？喳喳跑著。

　　「小姐！小姐！妳還好吧？」善心的司機經過咪咪蔣，放慢速度搖下了車窗大聲問。

　　我很好。咪咪蔣無視旁人地繼續走。

傑克攤坐在浴室門口，停止了笑的痙攣，伸手撫摸自己那張被切割成怪物的臉，牽牽嘴角，露出恐怖的自嘲表情。

吱吱什麼也不知道。他獨自在漆黑的工廠深處某一角，專心致志地修復龐大的分解器，渾然不覺那隻由他所駕駛，既帥又能飛的龍，所有的表皮都正在悄聲無息地溶解。

只要繼續跑就好。喳喳在末日的高空中奔過一棟又一棟建築物，可以感覺到自己的速度開始變慢，身體開始變重，雙腳的移動也漸漸遲鈍。

這是一段長跑。從一開始就知道的。或許他終將無法趕上，或許一切都是徒勞，或許前方路已斷絕他根本無法抵達目的地，但那都不在他所能掌控的範圍內，唯一能做的只是盡力，為了不要遺憾不要後悔，必須朝著渺茫的機率而去，於是，他緊盯著天空破掉的方向反覆告訴自己：只要繼續跑就好。

只要繼續跑就好。

• ✦ • ✦ • ✦ • ✦ • ✦ •

Once up on a time, someone stepped into the darkness and saved me. I thought that was me. Has to be cause there was no one else.

Until I saw you.

Until I felt you.

Until I heard you.

You held my hand and called out my name.

·　◆　·　◆　·　◆　·　◆　·　◆　·

What was that?

·　◆　·　◆　·　◆　·　◆　·　◆　·

　　坐在浴室門口花了一段時間發呆之後，傑克最先想到該處理的是自己的酒吧。站起來盯著鏡子，摸自己的臉，確認一切不是錯覺，於是回想了一下，進臥室在床上找到手機。打開來才發現，昨天晚上睡著前的最後一次撥號，居然接通了。

　　我一定是睡著了。傑克想。

　　他下意識地摸摸自己凹凸不平、肌肉扭曲的臉。

　　感覺上，和女人有關的一切都已化為上個世紀。花了一整天尋找女人的過程明明只是昨天，卻似乎是很久很久以前發生的事。關於電話終於撥通之後女人究竟有什麼反應，說了什麼，傑克都已經不關心了。他撥打員工的電話，然後才意識到自己根本聽不見鈴響和對方的聲音，於是只好又關掉，改傳簡訊給員工，先表示自己重感冒喉嚨發炎沒辦法講電話，接著表示自己接下來要暫時離開一段時間，店務麻煩員工先頂著，他會加薪，最後交待幾項店內雜務，

指示任何事都用簡訊隨時保持聯絡。

工作的部分簡單交接到一段落之後，傑克進廚房幫自己做了簡單的晚餐，打開電視，在什麼也聽不見的狀態中挑選已經看過的影片來看，中間每次去上廁所，都盯著鏡子老半天，確認那張已經不是過去的臉，完全陌生而且不像人的臉。沒有改變。

凌晨三點，傑克戴上墨鏡和棒球帽，由於沒有口罩，於是翻出一件拉鍊拉上時可以一直蓋到下巴的外套，然後出門。

心臟砰砰砰跳得很快。傑克覺得很緊張。但他必須試試看一切不是自己的眼睛有問題，或者家裡的鏡子被施了咒。畢竟，下午對面陽台鄰居發出的驚叫聲，他沒聽見，對方只是露出一副快昏倒的樣子就咻地縮回房內關上門了。

雖然是凌晨三點，忠孝東路靠近百貨公司的附近還是停著計程車。街上也不是完全沒有人。

傑克縮著下巴盡量低頭。才走沒多久就已經滿身大汗。

經過二十四小時營業的麥當勞，走進二十小時營業的超市。

他之前已經花了一整個閒著沒事幹的晚上在家裡想好了待購項目，迅速地買了好幾個口罩和基本生活用品、新鮮食材、乾糧，之後來到櫃台結帳。

店員只看了他一眼就迅速低下臉。傑克終於得到答案。他自己的眼睛沒問題，鏡子也沒問題，只有耳朵跟臉出了問題。

雖然只是迅速的一瞥，但傑克已經感到非常愧疚。店員所受到的那份驚駭，立刻像一記悶棍似地回打到傑克胸腔。用信用卡付過帳之後，傑克迅速離開。他低聲說「不好意思」。但不確定對方聽

見的是什麼。

從那天開始，傑克成為徹底的夜行性動物。新的生活模式很快就建立起來，從三餐都所有的生活必需品，傑克幾乎都用網購的方式取得，但偶爾也會稍微冒險，就那樣遮頭遮臉地去二十四小時營業的超市逛，或者去麥當勞買個套餐回家吃。專職大夜班的員工也隨著時間漸漸習慣他這怪人的存在。反正只要傑克把臉遮得好好的，不要嚇到他們，他們也就比較不害怕。

無聲的世界，是一個完全和原本世界不一樣的世界。然而那個無聲的世界卻只有傑克一個人，每當傑克走在深夜的路上，都覺得自己是同時走在兩個重疊的世界裡。一個在他身體裡面，一個在他身體外面。

傑克曾試著透過網路學習手語，然而一個月後就漸漸放棄了。因為即便他能用雙手與人交談，也無法把自己的臉展示給任何一雙眼睛。

於是他持續著過去在網路上發文的習慣，讓大家以為他在另一個國家旅居。傑克開始編造出各式各樣的生活小細節、小故事，以此為樂。

漸漸地有朋友揶揄他在騙人。因為從來沒有照片。

要照片簡單得很。網路隨便搜尋一下，抓來用也就有了。只不過他自己本人沒出現在照片裡罷了。

其實傑克並不是真的在乎大家是否相信。

可是大家居然都相信了。

他在故鄉最熱鬧的地方過著完全孤絕的生活。並且驚異，在這

個時代，只要夠堅持，人竟也可以這樣地活。

　　有時候傑克會想，要是哪天停電不能使用網路的話，他就完蛋了吧。

　　有時候傑克會忽然回想變臉的那天，奇怪自己為何完全不害怕。

　　有時候，傑克真的很想很想去更遠的地方，但由於完全聽不見任何聲音的緣故，為了安全起見，即使是無人的半夜，傑克也不敢開車，慢慢地也不太看任何影片了。將架上舊書一本一本地開始重讀，全部完畢之後就網購買新書。適應現況之後，傑克決定用他的方式繼續照顧自己的酒吧。朋友們因此而漸漸得知傑克「回」台北了，對於朋友們的邀約，傑克一次也沒有回應。

　　他的作息和周圍世界完全相反，卻過起了比以前任何時候都還要規律的生活。每天傍晚四五點起床，下廚、吃飯，然後打掃、做點家務，晚上八九點左右上網，瀏覽、發文、與朋友閒聊打屁，晚上十點再次下廚，吃第二餐，繼續閱讀，凌晨一點做基本的室內健身運動，凌晨兩點半洗澡，凌晨三點戴上棒球帽、太陽眼鏡、口罩出門，這時間員工已經下班離開了，傑克反而開始工作。提著食材到店裡，先準備翌日所需的簡餐，接著開始盤點、記帳、將應注意或待辦事項記下來預備隔日交待給員工，最後將一道一道放涼的簡餐包好了放進冰箱。他盡量凌晨五點以前回家，以免碰到早起的住戶。到家後洗完澡又閒滑手機，然後做床前閱讀，早上九點入寢。偶爾，每逢週一酒吧不營業的時候，傑克就會趁機休息，在深夜的大街小巷裡盡量挑沒人的地方散步。

　　由於支付了相當高的薪水，酒吧暫時由員工一個人頂著似乎還沒出什麼問題，但營收變得很低，傑克必須很節省的過日子，同時也有隨時關門大吉的心裡準備。

　　然而奇怪地，彷彿老天爺要給他一點什麼補償似地，所有好像有可能會出問題的實際生活細節，都巧妙地，被注入適量潤滑油之後的輪胎般順利地繼續運轉了下去。

　　在這極為龐大的無聲和極為狹窄的孤境。

　　夏天過去之後迎來了秋天。

　　秋天過去之後，迎來了冬天。

　　在那段時間當中，只存在於網路上的假傑克去海邊玩衝浪、去爬了山、去陌生城市遊玩發現新的酷酒吧、買了新的酷行李箱、認識了一個正妹後來沒下文、認識了又一個正妹然後交往了、然後分手了、然後在國外租了一間森林小屋、然後開車去做洲際旅行、然後認識了一個奇怪的女人……

　　有天傍晚，窗外忽然下起傾盆大雨。傑克剛起床不久，隔著窗簾看著陽台上的衣服也不敢走出去收衣服，只能放棄。由於巨大的雨勢，屋內變得非常陰暗，於是傑克把家裡所有的燈光都打開了，進廚房開始為自己準備當日第一餐。大約六點多的時候，他忽然接到一通陌生的電話。將近一年來，已經不太會有熟人打給他了。傑克只瞄了一眼就沒再理會。電話響了一陣子後停止，接著對方傳來簡訊，屏幕亮起，顯示內容。

　　（嘿。）對方用理所當然的口吻如此寫著，（你在嗎？）

　　屏幕暗去，恢復省電狀態。傑克按了一下主鍵，屏幕又亮起，

傑克盯著那三個字。

（你在嗎？）

屏幕暗去，他再按亮起。暗去再按亮。暗去再按亮。

（你在嗎？）

（你在嗎？）

（你在嗎？）

站在流理台，拿著菜刀正在切黃椒的傑克，頓時恐懼地渾身顫
抖了起來。

·　✦　·　✦　·　✦　·　✦　·　✦　·

那場連綿的大雨始終沒有停。

咪咪蔣在大街上一直走，直到再也走不動了，就原地坐下來休
息，並且在傾盆的雨勢中倒地而睡。她被善心人士猶如撿拾流浪貓
般地搖醒，想要帶她去警察局，但咪咪蔣只是搖頭拒絕。睡夠了，
起身又繼續走。肚子餓了，翻路邊垃圾桶的食物來吃，又被好心人
士看見了，撐著傘提來一袋水果給咪咪蔣。咪咪蔣連道謝也沒有地

接過那袋水果，取出一根香蕉撥開皮一邊吃著又一邊繼續走。她在大雨中走上了高速公路，順著路牌標示繼續走。好幾次差點被車撞，但是都有驚無險。走累了，就靠著路邊欄杆縮在雨中睡。身上始終只有一條髒兮兮的粉紅色Hello Kitty浴巾。

這副模樣由南到北，被好幾個路人拍下來發在網路上，才三天就串連起來，咪咪蔣出名了。

雖然沒有電影演得那樣誇張，但真的就跟「阿甘正傳」裡面跑步的阿甘有點像。

（神秘陌生女子究竟為何而走？）

（她只是瘋了。）

（是一種修行嗎？）

（為什麼要不穿衣服？）

（這也算是一種暴露狂吧我看。）

（幸好身材不算差。）（世風日下。）（她身上那條Hello Kitty好髒，誰送她一條乾淨的吧。）（真危險，高速公路上又不是給人走的，妨礙交通！警察都不管的嗎？）

其實警察本來要管的。要上去把咪咪蔣抓下來的。但是網路上有人猜測性地發了一篇文，很快就被當成真實到處散播，於是出現一批擁戴者，要大家支持她，要警察放過她。

（Hello Kitty的爸爸生病了，於是Hellow Kitty去廟裡許願，若爸爸恢復健康繼續好好活下去，便赤身赤足由南至北行走台灣，以此還願。）

（Hello Kitty加油！）

（我要哭了。）

（大家不要去打擾她！）

（支持Hello Kitty！）

（哈囉假蒂走到台南了！）（哈囉假蒂走到台中了！）（假蒂姐不要感冒了喔！）（你們大家都瘋了。其實就是個瘋婆子。）

（我終於在高速公路上遇見女神假蒂了，立馬送上一顆粽子，假蒂超酷，直接就吃起來了。幸福～～）

咪咪蔣完全不知道世界已經變成這樣。對她來說一切只是白花花的大雨。她就這樣一路從墾丁走回台北。大雨始終沒有停。

· ◆ · ◆ · ◆ · ◆ · ◆ ·

當吱吱發現的時候，一切已經來不及了，防護罩被破壞的太過厲害，當機無法操作也就算了，呼吸進來的每一口空氣都是有毒的，神經很快就出現劇痛，儘管如此，吱吱還是沒有停止搶救工程。他在備用照明的光線中，爬出防護罩，爬到頂端，用整個身體的重量，雙臂使勁拉下最後一個開關，腳底的防護罩不斷被多多蟲的大便所取代，當他終於成功的時候，吱吱已經深陷在多多蟲的大便裡動彈不得了。金色的龍被排泄物消蝕殆盡，神話消失。

吱吱試圖撥打電話，但通訊有問題。

吱吱試圖緊閉嘴巴。但終究不敵。

我畢竟不是英雄啊⋯⋯

吱吱很快就放棄任何求援的嘗試，在渾身被侵蝕、神經中毒的

劇痛下發出此生最巨大的哭嚎。

　　啊～～～～～～～～～～～～～～～～～！！

　　誰來停止這個痛吧。

　　　◆　　　◆　　　◆　　　◆　　　◆

　　咪咪蔣在大雨裡走下了高速公路。她經過的地方留下鮮血的足跡。但她毫無所覺。而那些鮮血也很快就被雨水沖刷淡去了。

　　　◆　　　◆　　　◆　　　◆　　　◆

　　喳喳跑著。

　　沒錯。你說的沒錯。就跟電影《阿甘正傳》裡面的阿甘一樣。

　　喳喳繼續跑。

　　　◆　　　◆　　　◆　　　◆　　　◆

　　傑克害怕了很久，直到黑夜真正降臨。那把刀子，他一直握在手裡直到顫抖停止。

　　他們沒有發現四周的聲音都消失了。

在森林深處的陽光底下，男人和女人依然凝視著彼此，聽著自己的心跳。

* ✦ * ✦ * ✦ * ✦ *

而我們腳底的殘骸或許會因為距離而漸漸遠去
但它們從來不會
真的
消失

* ✦ * ✦ * ✦ * ✦ *

傑克放下刀子，轉身想要打開流理台的水龍頭洗把臉，卻聽見了奇怪的聲音。他一隻手停留在水龍頭的把手上，整個人凝凍般地瞬間所有細胞都收縮起來。

傑克已經很久沒有「聽見」任何聲音了。他首先懷疑那只是自己腦袋的幻想，於是不動，用全身辨認著。

但那聲音有方向性，是從房間傳過來的。不是在自己身體裡面。傑克猶豫地縮回手，轉身，開始往聲音的方向走去。隨著每一步的靠近，那聲音迅速地加大，當他抵達房間門口的時候，已經到了震耳欲聾的程度。嘩啦嘩啦的巨大液體奔流聲響混合著怪異的夸啦夸啦聲，很像骨骼撞擊的聲音，也很像磨牙的聲音。巨大的混和聲響排山倒海地撞擊翻掀著，充斥了整間臥房，傑克驚異無比地呆

站在門口，瞪著空蕩蕩的床舖、掛著一張電影海報的牆壁、關著窗的牆壁、有床頭櫃的牆壁、擺著幾本書和一盒面紙以及一盞檯燈的床頭櫃、視線再度回到空蕩蕩的床舖、藍色的枕頭和從來不整理的棉被……真不知那巨大聲響到底是從哪裡冒出來的，傑克搞不清是怎麼回事。

　　然而這時他反而不再恐懼了。

　　男人已經睡了很久。還在睡。在那極為深沈連夢也沒有的睡眠中，男人的身體依舊在拼命進行著修復工程，需要啟動一整座星球的能源才有辦法完成的修復工程。

　　　・　　◆　　・　　◆　　・　　◆　　・　　◆　　・　　◆　　・

　　失去了電力的星球，緊急照明燈的有限燈光很規律地散佈在黑暗中，喳喳在工業用高架橋上已然經過兩處工業區，開始進入空曠的平原，龐然怪獸群般的建築沒有了，高架橋的終端就在眼前。喳喳盯著天空破裂來源。他的方向有點偏離，但藉由工業用高架橋已經算是抄了近路。他在那嘎然而止的高空軌道邊緣順著筆直的逃生梯往下攀爬。大腿因為疲倦而抖動得很厲害，加上視線昏暗，幾次沒踩好，險些滑落，得靠兩隻手臂才能好好支撐身體的重量穩住每一次往下探的腳步。終於抵達地面後，他不禁兩手抓著鐵梯稍微平復一下狂跳的心臟，與此同時腦袋裡試著再播電話給吱吱，傳來的只有雜音，儼然通訊系統尚未修復。喳喳不敢休息太久，他重新打

起精神邁開步伐。雖然失去了電力，但這顆星球還有很多其他類型的能源，具備不靠電力來操作機械的替代方式，喳喳可以在昏暗中隱約聽見機械運作的聲響，從平原盡頭的每一個方向傳來，大家都沒有放棄。吱吱一定也是。所以。

天空破裂的範圍沒有繼續擴大，但那切痕似乎更深了。轟隆轟隆的不祥滾動繼續自多卡羅區的上方傳來。

　　·　✦　·　✦　·　✦　·　✦　·　✦　·

在某個時空、某個世界，有一個男人叫做傑克。

我們曾經把他喚為第二個傑克。

他在某一個瞬間，被自己凝結在某個城市的某個角落，佇立在巷子裡咖啡館的小花園門外，怔怔望著裡面一個靠窗的露天座位，看著一個女人。儘管那世界的所有一切都繼續往前移動了，包括女人，包括他自己，但是對這個傑克而言一切都沒有改變，一切都依然活生生地處在那一瞬間。永遠。

他不知該選擇離開還是走進去。他這短短的思緒在那一瞬間無限擴大地自行迴繞。

傑克無法動彈。

　　·　✦　·　✦　·　✦　·　✦　·　✦　·

吱吱也是。

　　深陷在充滿劇毒的排泄物裡，吱吱在劇痛中並沒有失去意識。那不是這顆星球的生物體質。尤其是受過特殊訓練的吱吱。他很清楚他的意識絕對會是最後消失的部分。吱吱真的非常羨慕那些會痛暈的地球人馬牛羊豬狗魚鳥……

　　他的軀體正在一點一點地溶解消失。

　　整顆星球的能源為了修復而繼續大量地消耗著。

　　喳喳繼續跑。

$\bullet \quad \blacklozenge \quad \bullet \quad \blacklozenge \quad \bullet \quad \blacklozenge \quad \bullet \quad \blacklozenge \quad \bullet$

　　傑克站在門邊瞪著裡面的空氣，伸手把臥室門砰地關上。

　　實在太吵了。會把人搞瘋的程度。他受不了。

　　巨響在他關上門的那一刻跟著消失。世界恢復為完全的寂靜。傑克鬆了口氣，彷彿這才是活著本應有的狀態。他在門外猶豫了一下，轉動把手，才稍微打開一條很細的門縫，框當框當夸啦夸啦的怪異巨響便立刻傾瀉而出，將門關上，世界又恢復絕對靜寂。傑克重複試了幾次，終於確定不是自己的聽覺隨著房門的開闔而恢復或失去。他依然是聽不見的。耳朵很正常。有問題的是房間裡面的空氣。

　　瞪著緊閉的房門，傑克一時想不出對應之策，決定暫時放著不管，走回廚房繼續做飯。今天的進度被嚴重耽擱，勢必得犧牲閱讀或者運動的時間。由於肚子餓得很厲害，所以傑克的動作變得很

快，一切從簡，原本打算要紅燒的雞肉，直接用大量橄欖油高溫深炸，義大利燉菜的食材則全部扔進鍋內改為熱炒，廚房的空氣充斥了各種聲響和香味所以變得很熱鬧，但失聰的傑克只是在靜寂中聚精會神，火速完成一切，滿身大汗。傑克關掉瓦斯，將混炒綜合蔬菜倒進盤子裡，灑上黑胡椒，炸雞另外一盤，灑上白胡椒鹽，取出蕃茄醬和黃芥末醬擠在盤子邊緣，打開電鍋盛出白飯，然後快步走進浴室。

洗澡只需要三分鐘。飯菜不會涼。傑克不想滿身大汗地邊看書邊吃飯。他站在蓮蓬頭底下迅速地沖冷水澡，用洗髮精從頭到腳抹出泡然後用力搓乾淨。雙手從頭頂搓到脖子再回到臉，手掌底下凹凸不平的臉肉，傑克已經很習慣了。他三兩下迅速地搓完臉，也搓下了一片又一片的肉皮。

傑克低頭瞪著落在腳邊的怪異皮塊，還有幾小片沾在他的胸前和手掌內。他放慢了動作，將手裡和胸前的皮塊都在水底下沖掉了，然後摸摸自己的臉，關掉水龍頭，蹲下去看著那些皮塊，起身走出淋浴間，站到鏡子前面，再度摸摸自己的臉。

沒有割痕、傷疤、不再是扭曲的肌肉；鼻子是鼻子，眼睛是眼睛，藍色的眼珠可以好好被看見了，嘴唇的形狀也很完整，皮膚雖然稱不上細膩光滑，但也不算太糟糕，基本上是很正常的程度。很一般的長相。

這是誰？

傑克看著。

他不認識那張臉。

· ✦ · ✦ · ✦ · ✦ · ✦ ·

喳喳繼續跑。

· ✦ · ✦ · ✦ · ✦ · ✦ ·

　　那天晚上，離開黑暗之後的我並沒有在巷子裡走太久。出了巷子到大馬路，稍微等待了一會兒，不久便搭上計程車往家的方向而去。

　　「你好，」我對司機說，「麻煩請到中和，謝謝。」

　　中年司機露出小心翼翼的表情，遲疑地問：「小姐？妳還好吧？」

　　「我沒事。謝謝。」我清晰地微笑回答，「待會兒到的時候要麻煩你在樓下等我，我上樓拿錢給你。」

　　「那個那個沒關係啦……妳真的沒事嗎？要不要去醫院？」

　　「真的沒事。謝謝。」

　　可能是因為講話很有條理的緣故，所以儘管披頭散髮、衣衫凌亂、破的破、沾血的沾血、渾身骯髒得不像話，但司機稍微放鬆了警戒，只剩下善心的略為擔憂。

　　大概以為我是剛剛遭遇不幸強盜事件的受害女子吧。但。我衣服上的血、雙手的血，大部分都不是我的血。

　　望著車窗外逐漸熟悉的景物，雖然很累，身體各處的疼痛也都

愛在黑暗璀璨時

還在，但精神卻依然處於某種麻痺狀態。好像在陌生城市旅行似地。明明應該很熟悉的景物都變得很陌生。包括自己的家。

門沒有鎖，輕易就打開了。進去拿錢包下樓付錢，然後順便在便利商店買了飲料和三明治、洋芋片、水果、巧克力。這才真正，回到家。到家了終於。

關上門後放下塑膠袋，先在屋內各處繞過一回。

花了好一段時間我才意識到自己在幹什麼，想起咪咪蔣，意識到自己在確認她是不是還在；也想起我把鑰匙留給了她，而她果然離開了。咪咪蔣離開得相當徹底。屋內各處沒有她曾經住過的任何痕跡與證明。一切抹淨。包括我的存在。由於房子被打掃整理得太徹底，剛開始真覺得彷彿不是自己的家一般；我習慣放馬克杯的地方現在擺的是水杯、馬克杯則放在平常放茶包的地方、平常放茶包的地方則變成擺咖啡粉……諸如此類的小細節，使得整個空間的氛圍都變得很陌生。

看看那乾淨的沙發，於是提起塑膠袋走到靠窗的牆角，就像咪咪蔣曾經存在過的那樣，我髒兮兮地窩在角落囫圇吞棗地開始大口吃東西。

解決完肚子以後，到廚房將衣服脫下了直接扔進垃圾桶，然後進浴室花很久的時間慢慢洗澡。由於太累和疼痛的緣故，中途不得不坐到地板上靠著牆壁，用洗髮精搓頭髮，看著自己佈滿瘀青和刮痕的身體。其實會痛的不是這些地方，卻搞不清到底是哪裡在痛。亢奮漸漸散去了，腦袋逐漸遲鈍。就這樣坐在浴室裡不知不覺地睡著，醒來的時候已經變成側躺在地的姿勢，淋雨般嘩啦嘩啦地躺在

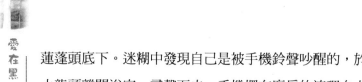

蓮蓬頭底下。迷糊中發現自己是被手機鈴聲吵醒的，於是起身關掉水龍頭離開浴室，尋聲而去，手機擺在廚房的流理台上，我拿起來接聽：「哈囉？」

沒有人回答。

雖然沒有人回答，但另一端卻傳來巨大的怪異聲響。空空空況況況夸啦夸啦轟隆隆隆隆，又是機械又是大自然般的混合，用力地敲打著、撞擊著、切割、移動、奔騰、運轉。其中好像還摻著類似磨牙的聲音。又好像有人在這一堆聲音裡面湊熱鬧般地呼嚕呼嚕打著很大的鼾聲。

「哈囉?!！」我大聲地叫了幾次，「哈囉?!哈囉?!」

一陣恐懼忽然襲擊了我。會不會是傑克打來的？這毫無邏輯的念頭滑過的瞬間忽然覺得很害怕，正要掛電話，手機另一端卻傳來了很微弱地聲音，不是傑克。

「哈囉?!我聽不見你！」我大聲說。

逼逼播播逼逼播播，微小的音波穿過重重巨大怪響，幽微地鑽入我耳膜。

（星……星球怎麼了……）

蛤？我說：「什麼?!」

（我……我們……安全了嗎……）

什麼玩意兒？「你大聲點！」

（對⋯⋯對不起⋯⋯）

莫名其妙。我瞪著電話，忽然覺得很討厭，又打算要掛掉電話，話筒傳來另一個聲音，這次比較清楚一點。

（吱吱！吱吱！聽得見嗎?!）

⋯⋯。

什麼東西啦！誰半夜不睡覺扮老鼠跟人講電話啦！而且還打錯了！「你打錯了！！」我對電話吼。因為太吵了，不知不覺也跟著提高了音量。

（你在哪裡?!）對方也在大吼。語氣聽起來很認真地在著急，不像惡作劇，（你在哪裡?!我找不到你?!）當然找不到，我重複大吼：「因為你打錯電話了！」

（妳是誰?!妳怎麼有辦法代替吱吱接電話?!！他人呢?!他什麼狀況?!！）

原來吱吱是個人，怎麼會有這種名字？

「你打錯電話了！！」我重複到快要覺得自己是神經病。

（我沒有打錯！）對方很堅持，（吱吱！聽得到我的聲音嗎?!我是喳喳！）

⋯⋯。

好吧。既然有人能叫吱吱。當然也有人能叫喳喳。反正怪事已經夠多了。我暫時沉默著，懶得再重複講同一句話。

這時另一個微小聲音又鑽了過來。

（喳喳……我好痛……）

我渾身起了雞皮疙瘩。

（吱吱！）比較大聲的那個還在吼，（我知道你還活著！回答我！）

（讓它停止……誰來讓它停止……）

（吱吱！聽得到我的聲音嗎?!）

聽不到。聽不到聽不到聽不到聽不到你這混蛋！

「他聽不到你的聲音！」我大吼，「他說讓它停止！」讓什麼停止啦。

在喳喳做出下一個反應之前，吱吱的聲音出現一絲訝異，（妳…妳不是喳喳。妳是誰？）

「不知道！反正我不是喳喳！他說他知道你還活著！他說他找不到你！」

（妳在跟吱吱講話嗎?!）另一端的喳喳大叫：（他在哪裡?!）

「你先不要講話！要不然我聽不到吱吱的聲音！吱吱！喳喳問你在哪裡?!」

（我在工廠裡……走不了了……）

「喳喳！吱吱說他在工廠裡！他走不了了！」

（他還在裡面?!整個多卡羅區都撤退封鎖了！他為什麼還在裡面?!妳叫他快出來！！）

多卡羅區是什麼玩意兒？「他都說他走不了了你還叫他出去！」我對那個喳喳大叫。

（防護罩肯定出問題了。妳跟吱吱說……）「你等一下！」我喊：「吱吱在講話你先安靜一下！他聲音很小！吱吱?!你剛剛說什麼?!你再講一次！」

框啷框啷轟隆轟隆馬的到底是什麼聲音會這麼吵。等待的過程讓人很心焦，雖然明明不關我的事，卻莫名其妙被這兩人搞得我好緊張。「吱吱?!」我大吼。

（拜託讓它停止……）

我的心臟開始絞痛，拿著手機只能拼命大吼：「我沒辦法！聽著！我辦不到！沒有人辦得到！包括你自己！聽著！吱吱！很痛也要繼續動！走出來！」

（告訴他我就在工廠門外！）喳喳吼。

「喳喳說他就在外面等你！」我也吼。

（我的身體……已經快要沒了……）吱吱微弱地發出聲音。

什麼意思？簡直就像恐怖片的情節，你是鬼嗎?!我大吼：「喳喳！吱吱說他已經快要沒有身體了！什麼意思?!」

喳喳沉默了一下。很短暫。他迅速做出判斷。（沒關係！）喳喳命令般地指示：（叫他做意識切割處理！）

「吱吱！喳喳叫你做意識切割處理！」什麼叫意識切割處理？

算了沒人理我。

「吱吱！聽見了嗎?!喳喳叫你做意識切割處理！！」

轟隆轟隆框噹噹噹噹嘎嘎嘎嘎唧～～～～～～～

什麼聲音都有，就是沒有吱吱的聲音。搞不好有，只是我聽不見。在那些巨大音量的侵襲之下，我覺得我一隻耳朵的聽覺已經快

要壞掉了。

（怎麼了?!）喳喳大吼，（他說什麼?!）

「沒有！什麼也沒有！」喊得我喉嚨好累，「什麼叫意識切割處理?!」

（妳叫他去找……一顆豆子！對！一顆金色豆子！）喳喳並沒有回答我的問題，沒打算鳥我，當然。

也不曉得吱吱到底還聽不聽得到。「吱吱！」我很認份地繼續轉述，「喳喳叫你去找一顆金色的豆子！」蝦米哇哥啦。要是那個喳喳等一下不給我好好解釋就掛掉電話，我就……

巨響忽然沒了。

「哈～囉～～？」我遲疑地用正常音量說話。

但手機另一端是純粹的沈寂。將手機移開耳朵，看螢幕，電話已經斷訊了。我現在只是一個拿著手機的白痴。剛剛那些聲音和對話彷彿都是假的似地。有種不知被誰耍了的感覺。

原地呆了一下，把手機放回流理台，我不禁對著空氣舉手投降地喊：「Fine! Fine! What ever!」

接著我忽然有種很怪異的感覺。

我覺得。

吱吱和喳喳這兩個名字，很耳熟。

為什麼呢？

卻想不起來。已經不知道為什麼了。

我茫然地四下張望，更加覺得自己的房子很陌生。整個世界都很陌生。有種不知道自己為什麼會在這裡的漂浮感。好像在無人游泳池的底部似地，所有一切都隔在水之外。

試圖上床去躺，但精神好得很，居然完全沒有睡意。剛剛在浴室應該只有睡一下下呀。

而且。

身體也不痛了。

如果想搞清楚這一切大概真的會瘋掉吧。已經是早上六點多了。我決定打電話叫麥當勞早餐，然後邊看電視。

電視上的新聞出現「去年巴拉巴拉」這樣的記者報導，我其實沒聽進去，與此同時配上的畫面，滑稽且充滿綜藝感的字幕標示影片日期：2018年某月某日。日期我也沒去注意。因為2018這數字以非常巨大的方式停格在我腦袋裡。

剛剛記者說這是去年的新聞畫面沒錯吧？我想。

去年？2018？

打開手機點選行事曆，上面顯示日期：2019/11/28。

怎麼回事？今年不是2018年嗎？現在不是冬天嗎？

我滑動手機尋找其他網頁。大家都說現在是2019/11/28。大家。全世界。

究竟是我的記憶出了問題，還是一年真的就這樣過去了？

沒有人能回答我。

我忽然覺得好笑了起來。

那個啊，叫喳喳的那個，就算有人會以為你是老鼠而嘲笑你也沒關係，繼續叫喚吱吱的名字吧。

然後另外那個啊，叫吱吱的那個，希望你最後有聽見我的聲音，並且，順利找到那顆金色豆子。

◆　　◆　　◆　　◆　　◆　　◆

那顆金色的豆子，其實是一個很小很小的密封盒。

小小盒子裡頭，擺著一根金針。

那是當天抵達故鄉之後，危機發生之前，喳喳從吱吱腦袋硬拔出來的衛星錄像傳導器。

拔出來以後，從桌上拿起盒子把金針放進去，還來不及還給吱吱，警報就響起了。喳喳在快步往外走的時候順手將金色豆狀盒放進他胸前的口袋。

宇宙人不需要穿衣服，所謂的口袋其實是身體的一部分，一個能夠盛裝東西向內凹的小洞，在胸腔正中央。喳喳剛才情急生智，想起了身上還有這東西。

現在，他只能等待。喳喳自胸腔內取出了金色豆狀盒，打開來，小心地取出金針，將開關打開，放回豆狀盒裡，然後把小小豆子放在攤平的手掌心，高高舉起，雙眼盯著曠野另一端，紅色毒氣中焚燒也似地工廠。

來呀。吱吱。

即使已經沒有了雙眼。但這東西你一定會認得。可以感覺得到。

　　你不是已經找到屬於你的故鄉了嗎？

　　所以來吧。

　　終於抵達目的地，站在防毒圍牆頂端的喳喳，頭上戴著維安人員發配的毒氣防護罩。他很清楚如果吱吱的意識在劇痛中還有辦法運用最後能源，離開身體逃出來的話，大概就不會再記得喳喳了。吱吱將不會記得這場危機，不會記得這顆星球的一切，甚至不再記得吱吱曾經是吱吱。但沒關係。喳喳在心中對好友做出告別。

　　來吧。他高舉著金色豆子。回家吧。

那白金白金的

　　那白金白金的東西是什麼，它花了一點點時間才意識出來。在那一點點的時間過程當中，它的周遭隨之有了悄悄的變化，從無到有。它佇立在森林深處的一棵樹下，身體很斑駁，姿態有點歪斜。在它面前是一塊被樹林與灌木叢圍繞的小小盆地，盆地中央對坐著一個男人和一個女人。男人和女人的臉龐隔著約略距離，他們凝視著彼此，卻同時穿過彼此、看進空無。四周完全沒有聲音。沒有風、沒有鳥鳴、沒有蟲子的爬行、沒有遠方海潮的氣息。一切都靜止在男人和女人不知該是否更靠近彼此的瞬間。停格。

　　那白金白金的東西是什麼，它花了一點點時間才感覺出來。

　　在那一點點的時間過程當中，過去的記憶永遠地離開了它，像是海洋邊緣穿過一陣朦朧的大霧，抵達彼岸，霧褪去時已然是屬於陸地的風景。完全不一樣的風景。以完全不一樣的生物邏輯來運轉的世界。另一個世界。陌生的星球。它的故鄉。

　　於是彷彿終於回到家了一般。它安安然然地甦醒了。沒有疑惑、沒有恐懼、沒有疼痛、沒有渴望、沒有探尋、沒有懷念、沒有失落。它所擁有的只是那白金白金的什麼。那很可能類似於愛。但又不是。比那還清淡很多。它用一種既理解又輕鬆、在包容一切可能之外還有些許鼓勵意味的目光，望著眼前的男人和女人。

男人和女人開始傾身靠近對方，隨著那一點點距離的逐漸縮短，兩人的眼睛開始閉上，他們並不知道自己在做什麼，他們其實還沒有醒過來，整個世界都還沒有真的醒來，直到它知道那白金白金的是什麼。男人的唇輕輕貼上了女人的唇。女人的唇輕輕貼上了男人的唇。

　　於是世界再度有了聲音。空氣恢復流動。血液再度循環。死亡與生命恢復了存在。形體、顏色、內容。

　　男人和女人重新開始呼吸。在那之前他們並不知道自己屏息，不知道心跳暫時停止。他們閉著眼睛感覺著對方沒有離開的唇，重新跳動的心臟有力地將血液不斷輸送到全身，讓他們的體溫升高。大腦則彷彿鬆了口氣似地，暫時改變開關轉換頻道讓差點過度使用的部分休息。

　　這個世界曾經停格。暫時停止。然而當呼吸也沒有、心臟也不動的過程中，大腦卻沒有，兩顆大腦以超越人類所能理解的方式，激烈地發電，好讓一切的一切都能在停格的狀態中維持著不消失。與此同時，那發電的狀態也宛如汪洋中的燈塔、黑暗中的訊號、迷宮裡的導航系統般，即使隔著不同緯度的時空和宇宙，都能讓它好好找到方位，進入現在的身體，並且甦醒。

　　它在那甦醒過來的一點點時間當中，知道了那白金白金的是什麼。

◆　　◆　　◆　　◆　　◆　　◆　　◆

咪咪蔣終於停下腳步。白天結束，夜晚再度降臨，直到凌晨，城市的百分之九十都處於暫時休息狀態，咪咪蔣才終於停下腳步。

她一身赤裸地罩著那條和她同樣骯髒的浴巾，隨意在一根路邊電線桿底下落地而坐。雨終於停了。這天還出了太陽，咪咪蔣流了不少汗，由於這樣的緣故，身體的臭氣開始很明顯地揮發散出。

深夜裡沒什麼人。這是咪咪蔣最放鬆的時候。

正當她縮躺到地上，打算要睡覺的時候，咪咪蔣忽然意識到有哪裡似乎不太尋常。她眨眨眼睛，維持著側躺在人行道角落的姿勢，看著自己的手掌，接著將手掌確認般地，一遍又一遍，宛如母親輕拍著哄孩子入睡般，撫觸著人行道上的石磚。

回來了。

咪咪蔣確認著。

她的皮膚能夠再度有所感覺了。

隨著那確認的過程，輕拍孩子入睡般的過程，痛覺也開始恢復，這陣子以來赤身行走所留下的大小刮傷和擦傷，那些尚未癒合的，都開始刺痛了起來。

不過那些都只是很表面的皮肉之傷。咪咪蔣並不因此擔憂。只不過。

她忽然覺得好冷好冷，渾身都起了雞皮疙瘩。這是冬天的溫度。現在是冬天嗎？她從墾丁出發的時候不是夏天嗎？她究竟走了多久？

真的很冷。咪咪蔣渾身縮成一團，卻還是躺在地上沒有起來。因為那也不是最重要的。

回來了。我的感覺。咪咪蔣摸著眼前那塊很可能比她還髒的石磚。

這塊石磚已經被多少人踐踏過了呢？咪咪蔣撫摸著。

淋過多少雨水？沾過哪些灰塵？承受過什麼樣的陽光？有被咖啡潑灑過嗎？有溼掉的垃圾袋降臨又離開嗎？什麼人的煙灰煙蒂？誰的鼻涕或痰？哪隻貓狗的屎或尿？殘留著哪種細菌？除了蟑螂以外還有什麼樣的小蟲子爬過？咪咪蔣繼續撫摸著，彷彿這世界只剩下那塊石磚。

親愛的唯一一塊石磚，邊緣上有點斑駁的角角是因為什麼樣的原因而破裂呢？

她繼續維持著同樣的姿勢和輕撫的動作，直到她覺得那塊石磚已經被她安慰夠了，才在清晨來臨之前，重新起身恢復行走。雖然冷得不得了，雖然很睏，但她其實快要抵達目的地了。

她走進一間公寓大廈，上電梯到七樓，來到熟悉的門口，打開門。

門果然沒鎖，正如她原本所記得。

她走進家門，關上門，鎖上門，然後開燈，進浴室洗澡，換上睡衣走進臥室，躺到床上，熄了燈，進入黑暗。

咪咪蔣深深吸口氣。

她隱隱約約知道，時間大概過了一年。所以現在是2019年12月……幾號呢？不太確定。總之。她在黑暗中回憶般地想著過去的時光。她走了很久的路，在那之前，游了很長的距離，在那之前，遇見一個森林裡的女人，在那之前，差點被一個男人殺了；在那之

前，她被同一個男人拯救，在那之前，她似乎受了很重的傷，在那之前，她跳上一個男人的車子大吼大叫，在那之前，她沉睡；在那之前，她失去了另一個女人，在那之前，她任由自己被囚禁，在那之前……更久更久以前，她經歷過三千兩百五十場愛情，她記得最後一個男人是在飛機上認識的，還住到對方家裡去，結果最後搞得亂七八糟只好一走了之。

她記得自己摔盤子。

總之一切都被她搞得亂七八糟，所以才會拉著行李箱住到現在這個地方。後來就被關起來，再也走不出去了。

不過那一切都過去了。畢竟她已經自由了，自由之後又因為很生氣，所以毫不放棄地靠著自己的兩條腿走回來了。

這裡不是牢籠，是歸宿。所以。

以後我再也不想被關起來了。

她轉身側躺，放鬆地在黑暗中凝望著另一個沉睡的女人。

什麼時候回來的呢？

就是剛剛啊。咪咪蔣微笑，一直一直凝望著黑暗中身旁的女人，並且一點一點慢慢地，沉入更深的地方，直到未來的記憶將過去的夢境全部覆蓋。

◆　◆　◆　◆　◆　◆

傑克睜眼醒來，隱隱知道自己睡了很久。他從床上坐起身，自屋內光線感覺到已經是下午了。他伸手確認般地摸摸自己的臉，依

然是正常的，並沒有變回扭曲的破爛。進浴室，仔細地刷牙，鏡中那張臉他依然不太認識，但已經沒有那種全然的陌生感，並不覺得自己變成另外一個人。這是我的臉沒錯。傑克確認著、適應著：這是我，只是我跟他還不太熟。

好幾天了。臉並沒有消失。應該不會再出現其他奇怪的意外狀況了。傑克隱隱有這樣的感覺。雖然如此，卻還是有點忐忑，必須鼓勵自己。沒問題的。穿上外出服，不要害怕，就是今天，我要這樣在城市尚未休息的時刻，久違地踏入日光底下。

恢復了五官的傑克，慢慢走在市區熱鬧的大街上。一邊走，一邊感覺到自己正在走進另一個表面看起來一模一樣，事實上卻完全不同的世界。

那改變很慢。以人類的速度而言，相當緩慢。大約三個小時左右。傑克的漫步。在那過程中，他從無聲的世界走回了有聲的世界。在那過程中，他的腳步和速度並沒有因為聽覺的悄然恢復而有所改變。直到雙耳對音頻的接收量度穩定了，不再繼續往上調整。

然後他轉進熟悉的巷弄內，來到一家熟悉的餐廳門口，看見一個既熟悉又陌生的女人。

在那一刻，傑克瞬間化成了三個他。

在那一刻，三個傑克回到同一個傑克的狀態。

他下意識地又摸摸自己的臉，這才走進露天咖啡座，他確認著周圍沒有人對他的存在露出任何怪異反應，也確認著自己的聽覺已然恢復。

他來到女人面前，指指女人對面的空椅問：可以嗎？

女人表示可以。傑克在女人的對面坐下。

真不可思議，他看著女人。一年前在這裡，和女人最開始的那番對話，傑克全都記得清清楚楚。

妳還記得嗎？

大概全忘了吧？

那是。當然的。

傑克稍微閉上眼睛感覺陽光在皮膚上的溫度，吸了口氣。

好久沒有跟人說話了。隨便說點什麼都好。於是傑克開始說話。他試圖用和過去一模一樣的對話喚起女人的記憶。

女人的臉上漸漸出現複雜的表情。傑克覺得女人終於想起來了。雖然如此，女人卻假裝沒有，並且就在他還打算繼續攀談下去的過程中，很唐突地起身離開。

傑克本能地伸出手去拉住女人。

然而他也很快就意識到自己的挽留比女人的離開還要唐突。

於是他鬆開手。女人走了。

為什麼？我明明已經恢復五官，不再是毀容的怪物了。傑克在原處獨坐了一會兒，盯著面前的木桌。大概太久沒有跟人說話，攀談的方式有點不合常理吧。女人簡直就像是逃開似地走了。

傑克沒有繼續坐下去，喝盡最後幾口啤酒，一面起身一面聽見外套口袋裡傳來叮的一聲。他稍微花了一點時間才想起那種聲音是手機發出的簡訊聲。已經很久不會有朋友傳簡訊給他，肯定又是什麼垃圾廣告。傑克沒有理會，起身結帳走出花圃，卻還是在門口停下腳步回頭望去。

桌上有一本小說。是女人的。女人忘記帶走了。

傑克就那樣暫時佇立在門口，望著裡面，猶豫著要不要走回去拿。

• ✦ • ✦ • ✦ • ✦ •

我大概花了半個月的時間來稍微恢復正常吧。而這個正常也僅止於「社為功能正常」的程度，我自己清楚得很。

關於莫名其妙消失了一年光陰的這個事實，在半個月之後終於勉強接受。畢竟，除此之外也毫無他法。這種事要去跟任何人解釋，任何人都只會覺得我腦子有問題。但我自己清楚得很，我腦袋沒出問題。

原因依然是個謎。或許我一輩子都不會知道和理解吧。也或許等我哪天老摳摳的時候會忽然智慧的靈光一閃，解決今生最大謎題，恍然大悟地了然一切。不管怎麼樣，人除了繼續把日子過下去之外都沒有其他辦法。

而且謎還不只莫名消失的光陰這一件。那夜裡忽然電話另一端的什麼吱吱跟喳喳究竟是怎麼回事，也是至今不明，沒有人會特地跑來解釋給我聽。

每天晚上的睡眠品質都很差，還會磨牙，有時那磨牙的聲音之大連自己都會被自己吵醒，而且似乎一直在做各種亂七八糟的夢，但究竟夢的內容是什麼，醒來後全部忘得一乾二淨，剩下吸哩嘩啦無法辨識的雜訊，等到刷完牙以後，就連那雜訊也沒了，只知道自

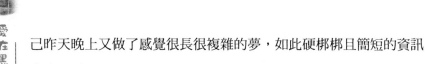

　　已昨天晚上又做了感覺很長很複雜的夢，如此硬梆梆且簡短的資訊事實而已。

　　雖然如此，但還是覺得怎麼睡都睡不夠。即使醒了人也晃悠悠地，好像在游泳池底部行走一般，每天究竟做了些什麼事都搞不太清楚，就這樣渾渾噩噩地過了兩個禮拜。

　　今天在床上眼睛一打開，我就知道自己昨天睡了場好覺。終於。雖然這兩個禮拜我沒有做任何有可能改善睡眠品質的事，但昨天晚上確實睡得很沉穩，精神或許還沒有完全恢復，但心情好像變得比較雀樂了，腦袋似乎也稍微開始運轉，刷牙的時候知道自己在刷牙，掃地的時候知道自己在掃地，而且窗外的冬陽金光燦然。

　　於是這天下午，彷彿被什麼給引誘了似地，興致忽來就隨便從書架上抽了本很厚的小說出門，到東區的餐廳，在露天咖啡區找了角落的空位，點杯熱量超高的焦糖馬奇朵，悠悠閒閒地把兩腳跨到桌對面的空椅上，翻開了小說開始閱讀。

　　果然，腦袋似乎才剛剛開始恢復運作，我讀得非常緩慢，吃力到有點懷疑自己是不是有閱讀障礙，書頁上面在寫什麼幾乎完全看不懂。因為如此，不得不非常非常專心，真的是一個字一個字像在吞石頭般，硬生生擠到腦子裡去辨認出來，再慢慢搞懂文字組合所形成的意義，宛如嬰兒學走路，一點一點踏穩步伐，花時間找回閱讀的能力。在那專心閱讀的過程當中，好像有個男人要跟我借椅子，好像，於是我改變了身體姿態繼續閱讀。

　　等我發現的時候，男人已經坐在我面前，一邊喝啤酒一邊對我眨眼睛，並且開始跟我說話。

我稍微應了幾句。

那只是短短幾句的對話來回。

剛開始的時候我沒想起他是誰，只覺得什麼玩意兒？先生我認識你嗎？但隨著對方自顧自地說話下去，記憶叩叩叩地敲門了。很模糊地。咦？這個⋯⋯這個聲音好耳熟⋯⋯好像曾經⋯⋯對是有那麼一回事但怎麼可能在這裡⋯⋯等等⋯⋯好像⋯⋯

雖然明明在燦爛的陽光底下，但黑暗卻偷偷摸摸地擠開了不重要的現實將我完全籠罩。與此同時，我漸漸醒了。醒了才意識到自己過去半個月來過著宛如夢遊般的日子。

我一直盯著書，耳朵聽著「傑克」講話。

是這個聲音沒有錯。真的是。

抬起頭看向他。

Jack⋯⋯

我盡量在大部分的時間把頭低下，盯著手邊的小說，即使一個字也看不進腦袋。我假裝地翻了頁，但人卻很恍神，我用每一次稍微看他一下的短暫接觸，盡量不露痕跡地，貪婪地將他的模樣透過雙眼吸收到腦子裡、心裡。

原來是藍色的眼珠啊。我看著。原來是金色頭髮呀。我看著。原來眼角的皺摺是這種斜度呀。我看著。原來我的雙手我的皮膚所熟悉的鼻子、眼窩、下顎的線條和臉頰，是這樣子的呀。原來每次挪揄嘲弄的時候，表情會是這樣子的呀。

我看著，然後我發現，傑克根本沒認出我是我。

他已經遺忘黑暗中的一切了。

不知該覺得慶幸還是悲哀。不知道自己究竟是孤單比較大,還是輕鬆的感覺更多。我想我的表情可能很複雜,流洩太多。在他想起我是誰,認出我之前,我必須離開。

在那之前。

傑克的金髮在陽光底下的顏色淺淺的真是好看。他那副有點拘謹又好像很放鬆的神態。讓我再多瞧一眼。

有好好地離開黑暗了。很好。

精神看起來不賴。好。

之前受了很嚴重的傷,全部都復原了嗎?

認出傑克的聲音之後,黑暗的記憶跟著化為現實,原本朦朦朧朧、彷彿踩在游泳池底部行走的感覺也消失了。曾經發生過的一切都以現實的時間感和分量浮現。我離開了游泳池爬上岸。身體因為密度的瞬間改變而產生比原本沉重的錯覺。適應了之後,一切恢復正常。氧氣。地心引力。我的身體。你的。

我想,在黑暗的記憶如我甦醒般將你重新招喚之前,我必須離開。

於是我起身離開。

傑克忽然伸手拉住我的手腕。說。Sarah……

他發出來自曾經的黑暗聲音。然而那只是我記憶中的回音吧。

Let go.

我說。

No.

傑克抗議得很微弱。我掙脫了繼續往外走,走出餐廳大門,拐

出小巷，覺得視線很模糊，覺得哪裡似乎怪怪的，然後我忽然停下腳步。

他剛剛叫了我的名字……

是我跟他講的嗎？還是他知道我是誰了？

與我毫不相干的人一個又一個地經過了我。我化成一根電線有點斷路的電線桿，杵在原地，試圖搞清狀況、試圖決定、啪、啪、啪。

如果這一切只是一本書的話，我就可以把書翻到前面去查看了。我就可以知道真相到底是什麼了。他叫了我的名字，到底是因為我告訴了他還是他想起來了。如果這是一本書的話……

妳還記得嗎？

你把書翻回去查看了嗎？

有誰可以告訴我答案嗎？

而且我忽然發現，我忘記拿我那本小說了。

如果現在走回去，他是不是還在？

那本書到底要不要拿？

城市的洪流逕自荒蕪荒謬了下去，我在自己的故事裡，必須在記憶短路，線索遺失的狀態下做出決定。

我還沒有做出決定。但我轉身開始往回走了。穿過城市的荒蕪荒謬，穿過整個生命的洪流，穿過太多與我不相干的陌生與無關。

「Jack。」我來到他面前。

不知為何他竟站在餐廳門口對著裡面發呆。一時間好像沒聽見我的聲音。好像聽不見任何聲音。我有點想伸手碰碰他，但稍微抬

了一下手臂畢竟還是無法將手伸出去。我又喚了一次。

「Jack，你站在這裡幹嘛？」

傑克轉頭看向我。

我們看著彼此，神情各異，傑克牽牽嘴角走進花圃，幫我將那本小說拿出來，遞到我面前：「妳忘記了。」

「我沒有。」我接過了那本書，因為這對話的雙關不禁暗自微笑了一下。

接著我們暫時落入安靜以及複雜的尷尬。有人要走進餐廳了，我們略略移動腳步讓開門口的位置，這移動似乎打破某種僵局，使兩個人都稍微放鬆了些。

「妳接下來有事嗎？要去哪裡？」傑克問。

我猶豫了一下，決定說實話，「沒事。但我想回家了。有點累。」

「我送妳。」

「不用了。好奇怪。」

「不會啊。讓我送妳回家。」

「喔……你車停這附近嗎？」

「欸……我沒有車。」

「…Dude…this is getting weird.」

「It is weird. The whole thing. You and me.」

「什麼意思？」我還在裝傻。我必須。事情有點奇怪。資訊很有限。而且我還沒決定。

「沒什麼。反正妳讓我送妳嘛。我陪妳到妳家門口就好，絕對

不打擾。」

「我不需要人陪。」我是說真的。我不需要。

「我也不需要。」傑克說，「So?」

So be it.

我沒這樣說出口，只是笑了，開始往大街的方向走。傑克在身邊。兩人這樣安靜地走著，身邊的光景都似乎燦爛了三分、溫柔了五分，路過的大叔看起來好可親，旁邊的小販泛溢著活潑的生命力，女人們飄過身邊的碎嘴聽起來也很溫馨⋯⋯

世界忽然變溫柔。

我想，剛才有走回去找傑克真是太好了。

其實這樣就已經很好。就一段步行，在這個世界，光之中，然後我們就在這裡分道揚鑣說掰掰，很美滿。

不過我沒有因為這樣就開口喊停，不是因為不捨，只是覺得不需要。就這樣吧。走到哪裡就是哪裡。很舒服。

我們抵達公車站牌，面對著大馬路停下腳步。傑克打破了沉默，像是喃喃自語般地問：「所以妳真的不記得？」

「記得什麼？」我得要先套話才能交出我的資訊。我還沒決定。

「我們有見過。一年前。同樣的地方。」

⋯⋯好的我必須承認這回才是真正的驚嚇。車來了，我正要往前走卻本能地轉頭睜大雙眼。傑克笑笑地。

「沒關係。」他伸手稍微輕推了一下我的身子，隨著我重新邁步，那微微碰觸我的手掌便很有禮貌地收了回去。他又說了一次，

「沒關係。」

　　午後公車上的乘客不多，我們並肩坐下，微微搖晃地望著窗外移動的街景。我不知道過了今天我們還會不會約見面。我不知道在接下來的路程，我是不是就會說出那段黑暗的記憶。我想我不會。我想那記憶有它自己的意志，該浮現的時候就會浮現，不需要的話也沒關係，那是屬於傑克和傑克自己的事。

　　雖然如此我還是忍不住說了一句：「你也不記得。」

　　「記得什麼？」

　　「沒什麼。不重要。而且會變成一個很長的故事。」好的我自己有發現，那個想要說出來的欲望，我發現我已經說太多了，我得趕緊轉移話題，「我真的完全不記得，你剛說的，之前有碰過面的事。」

　　「嗯。」傑克發出這樣淡淡的聲音，轉頭看他，他正露出既了然又困惑的複雜微笑，察覺我瞄他，立刻發出「啊」這樣自我解嘲的笑嘆，伸手搓搓自己的臉，接著捏捏自己的臉頰，然後又捏鼻子，摸下巴。

　　「你在幹嘛？」我好笑地問，「臉怎麼了？」

　　「嗯⋯⋯」傑克像洗臉般地用兩手在臉上胡亂搓了一番，「那個去年碰過面的事，如果要說，我就會連帶覺得該說別的後來的，所以啊⋯⋯」

　　「怎樣？」

　　「沒怎樣。會是個很長的故事。」傑克恢復他揶揄的表情。

　　好嘛。很會。我笑了起來不再追問。

沒關係啊我不說你也不說。反正也不知道還有沒有下一次。

下車後，黃昏的光已然即將消隱。我們並肩走著，沒說話。雖然如此但我心裡卻不斷說著許多，隨著腳步一次又一次地往前移動。

終於我們抵達新的盡頭和起點，站在我的家門口樓下，夜晚裝載著冬季的風來到我們之間。

「那麼。」我們再度發出聲音，然後我們都笑了，我說：「手機拿出來，我把我的電話給你吧。」

傑克露出有趣的表情，「我有妳的電話。」

我很驚訝。什麼？我沒聽錯吧？我剛剛有把電話號碼給他嗎？我是不是還在夢遊腦袋不清？

傑克他掏出手機按了按鍵。鈴聲從我的包包裡響起。

「See？」傑克露出欣慰的笑容。我掏出手機一看是未知來電。我並沒有他的電話號碼，但他卻有我的。怎麼回事？

傑克掛掉了電話，「看來妳從來沒把我的號碼輸入到通訊錄。」他在要將手機收起來之前，順便滑動頁面，看了一下某則新訊息，然後抬眼看看我身後，接著對巷子左右張望。他的表情很奇怪。

「怎麼了？」我問。

傑克露出既好笑又困惑模樣：「欸，妳剛剛有傳簡訊給我嗎？」

啊？「我沒有你的電話。」

「對，妳說是這樣說。可是妳看。」傑克將手機遞到我面前，

「這是我剛剛離開咖啡廳的時候收到的簡訊。」

那確實是我的手機傳給他的簡訊沒錯。來電顯示的號碼是我的手機號碼。訊息內容是我家地址。

為什麼？我為什麼要把我家的地址傳給他？等一下。我剛剛根本沒有傳簡訊給他。等一下！我根本連他的電話號碼都沒有！真的啦！怎麼回事?!我再度拿出手機檢查，先檢查通訊錄，再檢查各種訊息，口中一邊說著，「可是我剛剛真的沒有傳簡訊給你。」

「嗯。」傑克再度低頭查看，忽然又皺起眉頭，笑意更濃，「欸妳看。」他又把手機遞到我面前，「妳看這訊息的日期。」

2018年12月17日。

……。

好的。這次我不會再去檢查我的手機內容了。在那進入黑暗的一年時光中，被我留在這個世界的手機，早已訊息爆滿，我不知得要滑動頁面多久才能找出去年那個時間點的發出訊息。總之。

「難道我去年跟你碰過面後真的留了你的電話號碼，傳了簡訊給你，然後就手機連同腦袋都一併刪除資訊了嗎？」這不是沒有可能。我已經不相信自己的記憶力。

「嗯。」傑克依然低頭看著手機，我也依然瞪著他的手機，他為什麼還不把那奇怪的手機收起來？

「可是，為什麼去年的簡訊我剛剛才收到？」傑克問。

對啊。為什麼噢？

我們看向彼此。傑克忽然笑了起來，笑得很樂。我忍不住也笑了。他做出很恐怖燙手的模樣，把手機扔到我面前，我本能地接住

了也立即掏出自己的手機，笑著把兩支手機都塞進他手裡，傑克拿著還在笑，他乾脆把兩支手機都放到柏油路面上，結果我們就變成兩個站在巷子裡盯著地上兩支手機一直笑的笨蛋。

我們笑了好久，然後也不知道誰先開始，兩個人都哭了起來。

遙遠的星球繼續運轉，那顆金色豌豆被喳喳永遠收藏在胸膛。

鮮黃色的行李箱，靜靜佇立在森林裡。

分離與相遇的方式可以有千萬種，相愛的故事卻只有一個。

「你在哭什麼？」

「我不知道。妳呢？」

「我也不知道。」

很多。很多。

國家圖書館出版品預行編目資料

愛在黑暗璀璨時／黃小貓 著. —初版.—臺中
市：白象文化，2019.6

ISBN 978-986-358-849-8（平裝）

863.57　　　　　　　　　108009804

愛在黑暗璀璨時

作　　　者　黃小貓

校　　　對　黃小貓

封面插畫　黃小貓

專案主編　陳逸儒

出版編印　吳適意、林榮威、林孟侃、陳逸儒、黃麗穎

設計創意　張禮南、何佳諠

經銷推廣　李莉吟、莊博亞、劉育姍、李如玉

經紀企劃　張輝潭、洪怡欣、徐錦淳、黃姿虹

營運管理　林金郎、曾千熏

發 行 人　張輝潭

出版發行　白象文化事業有限公司

　　　　　412台中市大里區科技路1號8樓之2（台中軟體園區）

　　　　　出版專線：（04）2496-5995　　傳真：（04）2496-9901

　　　　　401台中市東區和平街228巷44號（經銷部）

　　　　　購書專線：（04）2220-8589　　傳真：（04）2220-8505

印　　　刷　普羅文化股份有限公司

初版一刷　2019 年 6 月

定　　　價　280 元